U0591679

Storie di Libri Perduti

Giorgio van Straten

Bruno Bilenchi / Avenue

Byron / Memoirs

Juvenilia

Bruno Schulz part

Nikolai Gogol / Dead

Malcolm Lowry / In Ballast to the

Walter Benjamin / What was in the B

Sylvia Plath / Double Exp

8本消失的书

[意] 乔治·凡·斯特拉坦 著

胡启鹏 译

Storie di Libri Perduti

Giorgio van Straten

SPM

南方出版传媒

广东人民出版社

·广州·

图书在版编目（CIP）数据

8本消失的书/（意）乔治·凡·斯特拉坦著；胡启鹏译. — 广州：广东人民出版社，2021.1

ISBN 978-7-218-14076-6

Ⅰ. ①8… Ⅱ. ①乔… ②胡… Ⅲ. ①外国文学—文学研究 Ⅳ. ①I106

中国版本图书馆CIP数据核字（2019）第276863号

广东省版权著作权合同登记号：图字：19-2020-173号

Storie di Libri Perduti by Giorgio Van Straten

Copyright © 2016, Gius. Laterza & Figli, All rights reserved

The simplified Chinese edition is published in arrangement through Niu Niu Culture Limited.

8 BEN XIAO SHI DE SHU
8本消失的书

[意] 乔治·凡·斯特拉坦 著 胡启鹏 译 版权所有 翻印必究

出 版 人：肖风华
责任编辑：黄洁华 李 欣
责任技编：吴彦斌 周星奎
营销推广：董 芳
出版发行：广东人民出版社
地 址：广州市海珠区新港西路204号2号楼（邮政编码：510300）
电 话：（020）85716809（总编室）
传 真：（020）85716872
网 址：http://www.gdpph.com
印 刷：广东信源彩色印务有限公司
开 本：880毫米×1230毫米 1/32
印 张：5 字 数：80千
版 次：2021年1月第1版
印 次：2021年1月第1次印刷
定 价：46.80元

如发现印装质量问题，影响阅读，请与出版社（020-85716849）联系调换。

售书热线：（020）85716826

序章
Prologue
无　望　之　险

序 章

这是一场追溯之旅，追寻8本失落书籍的踪迹。寻找这8本神秘的书，仿佛踏上了寻宝的旅途：所有追寻者都确信它们的存在，也笃定自己会是那个终能寻得它们的人，但其实没有人握有可靠的凭据和准确无误的路线。我也一样，面对隐约不清的陈迹，寻得这些遗落纸张的希望十分渺茫，但这一切都值得一试。

所谓"失落"，应该是指那些着实存在过，但现在已经没有了的书籍。

它们不像那些惨遭遗忘的书，逐渐淡出读者的视野，挥散在文学史上，最后随着作者一同消逝，这种情况非常普遍。即便如此，兴许你还是可以在图书馆的某个角落里找到这些书，又或者，某位感兴趣的出版商还可能会再版。那些书也许被人们淡忘，但还幸存于世。

它们也不像那些从未诞生过的书，那些在作者脑中被幻想、构思、却又悬而不决的想法，由于环境的原因阻止了它们被书写成字。当然，这种情况也是一种缺失，是一段无法填补的空白，但至少它们从来都没有存在过。

在我看来，它们应该是那些的确被写出来了的书，尽管有时作者未必能将它们完成。可能有人见过甚至读过，但之后又被销毁而不为人知。

导致它们消失的原因也都不尽相同。也许因为这些文字没能得到作者的认可，无法达到他心中那样遥不可及的完美程度。他自然便会想，连作者本身都不满意的作品，作为读者的我们又怎么可能会满意呢？更不用谈后世的作家们要如何得益于此。但其实我们至今仍然传阅着这些不被作者本人看好的作品，比如卡夫卡就是一个非常有名的例子。尽管作者明确表示想要销毁这些文字，但庆幸某个胆子比较大的人违背了他的意愿。

又或者是因为外部环境和历史原因导致遗失，尤其是二战。像这样大规模的战争席卷了世界的各个角落，无论你是在前线还是后方，士兵或平民，要想在这样的环境下保证自己完成的作品能保存完好，往往最后都未遂人愿。

还有审查制度，有时甚至是自我审查的原因。也许因为这些作品在官方眼里无论是直述还是隐喻都显得羞耻而危险，比如19至20世纪同性恋在某些欧洲国家仍旧会被定罪。

由于疏忽而被烧毁，或者被偷盗（虽然它们可能对小偷来说没有多大用处，毕竟也只是一沓写满了文字的纸）也时有发生。作者多年的心血就这么付诸一炬又得从头再来，估计他也心有余而力不足了。

最后还要考虑到继承人的意愿，尤其是鳏夫和遗孀们。他们所继承下的这些文字所描绘的故事里，人物的原型可能正是他们自己或周遭的人。出于保护自己或他人的目的，他们也许会销毁这些作品。又或者是这些作品可能还尚未完成，为了守护作家本人的名声，他们不愿让这样不完整的作品流传于世。

在接下来我将讲到的这8部作品中，以上所有的可能都会出现，但结论只有一个：这些所提到的书籍似乎再也无从找寻，虽然有时我仍抱有希望，它们是否被某个人保存下来，或者静静地躺在某个角落……

　　每次我人生中遇见书籍消失这样的事情我都会有一种感觉，好像自己又回到了青少年阅读探险读物的时光，探索秘密花园、神秘的缆车、被遗弃的城堡，享受调查的乐趣。那些消逝的事物对我有着一种莫名的吸引力，让我期待着某位英雄的出现去解开谜团。

　　在这些青少年读物当中，问题往往在最后都能迎刃而解。当然，这都是作者的构思，但我更愿意去相信，问题的解决主要得益于我细微的观察和天马行空的想象力。

　　然而对于这8本消失的书籍，我找不到任何解决的方法，至少无法像传统结局一样圆满。更有甚者，在接下来的第一章中你便可以看到，我有幸读到一本消失的书籍，却无力阻止它被销毁的结局。

　　也许正是因为那次遗憾，出于我无能为力的歉疚，我决定踏上这条追寻失落书籍的道路，如同探险一般去讲述它们的故事。我在之前的电台节目里也和这些作家及书籍的粉丝朋友们聊过这些故事，一同探寻究竟是哪些可能的原因导致了它们的遗失。对于这些作品所幸残存下来的部分我们都深感慰藉，因为至少还有机会能读到它们。

现在我又决定重返这条道路，继续去追寻它们的踪迹。这是因为我觉得也许当你独处的时候会是一个更好的状态，我想重新找回那个探险的感觉。在独立思考的情况下也许我能找到我们之前不该忽略掉的一些蛛丝马迹，开启新的突破口去挖掘真相。很显然，这犹如盲人摸象，可我相信我能在这个独自旅行的过程中发现一些结伴而行时未曾注意到的线索。

　　每本书的消失都有自己背后独特的故事，但它们之间又有着某种奇妙的联系。比如罗曼诺·毕兰奇和西尔维娅·普拉斯（他们的书都尚未写完，并且都由配偶来决定书籍最终的命运），瓦尔特·本雅明和布鲁诺·舒尔茨（同年出生，都是犹太人，也都随着自己的最后一部作品消逝于战乱当中），尼古拉·果戈理和马尔科姆·劳瑞（两位都想以自己的方式谱写《神曲》，但都以失败告终）。这所有故事里始终穿插着一个共同的元素：火。我们要谈到的这些消失的作品，大部分是被火烧毁的，这不得不让人感叹纸张的脆弱。这些故事发生的时候，纸张仍然是贮存文字的主要媒介，可惜也是大家熟知的易燃物。

　　而如今要想让一本书籍消失显然没有这么容

易，我们有数千种媒介去保存作品免其遭受被摧毁的风险。但话说回来，或许这些非物质性的媒介比起传统纸张来说更为脆弱。就如同我们小心翼翼地航行于文字的海洋中，盼望着终有一天能有人注意到这叶扁舟，将它接纳到自己的港湾，然而却在无际的大洋中渐行渐远。又像是宇宙中偏航的飞船，加速飞离我们的视野。

可这些书籍的消失，仅仅只是某种意义上的损失吗？

前段时间我在一本旧笔记本上看到了我以前记下的一句话，摘自普鲁斯特的《追忆似水年华》，他写道：

"要想释放那样的悲伤、那种无法弥补的遗憾、那种准备放手去爱的痛苦，你需要摒除一切，迎接这无望之险。也许如此激情地迫切追求的目标并不是为了找寻某个特定的个体，而在于这场冒险。"

我不禁思考，是否我对这些消失的书籍所产生的热忱正如普鲁斯特所描述的那样？是否正是那样看似毫无希望的冒险引起了我的冲动、忧愁、好奇，被莫名吸引？这些情绪又是否来源于无法再将这些失物攥于手心的遗憾？是否正是那段空缺吸引着我们，一想到或许有某种东西能将其填补完好又倍感欣慰？

这些书籍挑战着我们的想象，挑战着写作，以及那无法满足的热切。由于它们的消逝而产生的新的文字并不是偶然。

但还不只是这样，远不止于此。

20世纪末，加拿大女作家安妮·迈克尔在她的一部小说里写道：

"倘若有关消逝的记忆犹存，则不存在真正意义上的消逝。……倘若身处他乡却仍旧牵挂，家园的模样将永存你心。"

如她所言，我所写的这本书就好像在勾勒一份属于自己的地图，在片段的记忆间寻找失落的家乡。这份地图画着画着，我也不禁思考要以怎样的顺序去讲述这些故事。我是要以时间，或者字母，还是由一个到另一个故事进行类推的方式来写？最终我选择以地理的顺序：以8个不同的地理位置而不是80天的时间带大家环游地球。我要先从我的故乡佛罗伦萨说起，这也是作家罗曼诺·毕兰奇的故乡。在那里，我将提到那本我无力挽救的书。后来我又移居伦敦。像斐利亚·福克一般，在游历了法国、波兰、俄国、加拿大和西班牙之后，又再次回到伦敦。

旅行终途我也明白了这些失落书籍特有的魅力：它们赋予了未读之人想象、转述和再创作的力量。

它们仍在远逝，仍旧遥不可及，但又在我们身上重获新生。如同普鲁斯特所追忆的似水年华，我们终能将其一一寻回。

目录
CONTENTS

1

佛罗伦萨，2010年
CHAPTER

我 读 过 的 一 本 书

（未留副本之憾）

佛罗伦萨，2010年

这则故事源于一本不幸遗落的书。我可以证明它确实存在过，因为在这本书还未被销毁前，我就是其中少数几个读过的人。

遗憾的是再也没有人能让它重现于世，就连我们几个有幸拜读过此书的人，如今也只残存着些许印象。而人的记忆，是注定要随着时间逐渐飘逝的。

这个故事要从头说起。

差不多25年以前，在1989年末的时候，罗曼诺·毕兰奇过世。他是20世纪杰出的作家之一，而今却鲜为人知。我认识他，也对他敬慕不已：初次遇见时是在80年代初，那时我还在托斯卡纳的葛兰西研究所就职，负责收集整理抵抗运动时期的回忆录。毕兰奇给这份回忆录贡献了一篇尚未出版的小说，在这之后我便不断地叨扰他，请他指点拙笔。也多亏了他，我终于在一本叫做《一寸光阴》的杂志上发表了我的第一篇小说。

之所以要说这些，是为了解释他的遗孀玛丽亚·费拉拉后来找到我的原因。毕兰奇过世的几个月之后，我接到玛丽亚的电话，说她终于鼓起勇气去整理丈夫的遗物时，在一个抽屉里发现了一些东西，想请我去看看。

那是一份还未完成的小说手稿，书名是《大道》。与其说是"未完成"，倒不如说它仍然还介于初稿和二稿之间，一部分内容相互重叠，也有一部分自相矛盾。看得出来，在改稿的过程当中故事情节发生了一些改变。玛丽亚想让我读一下，问我对这件事情的看法。

几乎也就是这个时候，我认识的另外两个朋友也读了这本小说。我还了解到手稿的副本被捐给帕维亚大学的手稿中心，准确来说，应该是该中心的玛丽亚·柯尔蒂女士，她当时在中心收集保存了许多20世纪作家的亲笔书信以及原作。

能读到这份手稿是我人生当中最兴奋的事情之一。作为一位我十分钟爱的作家，他这一生中产出的作品并不多，而我居然能在这部小说里发现很多风格新颖的文字，勾起我对这位良师益友的思念。当然还有其他比较客观的原因，让我对这次阅读回味良久。

1941年罗曼诺·毕兰奇出版了他的代表作之一《天旱》，而这之后的作品《斯大林格勒的袖扣》却在1972年才印刷出版。也就是说，在这整整31年未发表任何新作的空档期里，很有可能是由于他的记者一职（时任《新邮报》社长至1956年，随之担任佛罗伦萨《国家报》文化版面主编）和他内心的自我矛盾，使得他无法全身心地投入到写作事业当中。他一直十分纠结：他的文学理念深深地扎根于自己从孩童到成人的这段转变时期里，而这一理念却与自己加入共产党直至1956年以来始终捍卫的新现实主义理念相悖。1956年，他归还了党证并关闭自己还在经营的报社，引来一片争议。对外宣称是由于经营不善导致报社倒闭，实际上则是因为《新邮报》一直以来的自由论调引其成为众矢之的——他们报道了当年夏天华沙公约组织军队血腥镇压波兰的工人运动。在一篇社论当中，毕兰奇站在工人一方抨击了苏联的武装干预，从而导致《新邮报》停刊。

总之，无论是出于记者工作的忙碌，还是自己的文学理念与当时偏左的政治态度矛盾，这三十多年以来似乎可以确定的是，毕兰奇并未写出任何作品。尽管他始终都在坚持写作，但在那段时期里，他以一种近乎偏执的态度，只是反复修改之前的作品（《安娜和布鲁诺》《圣特蕾莎音乐学院》），整篇整篇地重写。一切事务都可能是他没有公开发表任何新作的原因，除了他在刊物上给朋友写的那些七七八八的小散文。

他似乎无法找到一个满意的联结点，将自己对叙事文学的纯粹追求与政治热忱相结合。而他当时的文学眼界又是如此清高如此绝对，不能允许自己妥协于考虑任何一种无法完全将其说服的写作。

为了开脱自己的这段沉寂期，他也时常提及他在战乱中弄丢了的那些作品手稿，其中有一部几乎成稿的小说的遗失使他备受打击，这部小说叫《特蕾莎的清白》。在他的描述中我后来才发现，该小说与《大道》有许多相似之处。显然，当时我还不知道这件事。

毕兰奇是一名朴实的作家，文字简洁精妙，从不滥用修辞。同时他又像一位能言会道的评书家，故事在他口中起伏跌宕，令人拍案称绝。所以无论是他嘴里说的，还是他笔下那些天马行空的文字，都不得不叫人怀疑其真实性。也许每当他提到那部失落的小说，心里其实在想的，却是那本静静躺在他家抽屉深处的手稿。而身为朋友、学生的我们虽然频繁来往却对此一无所知，只是专注地听他侃谈。

这就是为什么这本手稿的存在会如此重要的其中一个原因：他是在1956年到1957年间写的（手稿的尾页签注有日期），恰好在这三十多年的"沉寂期"中间。也就是说，当所有人都认为他在文学的土地上徒劳无功时，他早已萌发新芽。

再者就是，这部小说讲述的是一个爱情故事，一个无论在前作还是后续发表的作品里毕兰奇都没有写过的题材。这个故事其实改编自真实事件——他和玛丽亚之间不为人知的私情。早在玛丽亚还任《新邮报》的编辑部秘书时，他们就已经暗生情愫，而毕兰奇当时是有妻子的。也许正是出于这个原因，这本手稿被塞进了抽屉深处从未问世。

第三个比较吸引人的原因是：正如我之前所说，毕兰奇的小说一直都是以回忆录的形式进行撰写，包括他后来出版的作品《斯大林格勒的袖扣》和《挚友们》。这样的写作形式使得故事取材所发生的时间，脱离了作者动笔书写的时间。在这种情况下，他直述的故事内容就必须同时融合过去与现在。很有可能，手稿里那对恋人（好像是叫塞尔吉奥和特蕾莎，我记不太清了）的爱情故事，也结合了毕兰奇对于那本在战乱中遗失小说的一部分记忆。

总之这是一部非常精彩的小说。仅仅只是把它捧在手里，在那些变脆、发黄的纸张上辨认出毕兰奇的字迹都让我百感交集。我萌生出复印的念头，想给自己也留下些许片段，但最终出于对玛丽亚的尊重我并没有这样做。她之前要求我向她承诺读完之后就还给她，不留下任何副本，这样她便能拥有那仅存的一份。后来这也成为了我人生当中，唯一一次后悔自己当初为什么这么老实。

"如果罗曼诺认为这部作品没有完成，也没有将它出版，那么我们应该尊重他的意愿，不应该流传。"当时我去见玛丽亚归还手稿时她就是这么跟我说的，而且在这一点上她说的确实没错。"但有一点，"我回答道，"既然这份手稿并没有被罗曼诺丢掉或销毁，而是保存完好，我觉得他这样做也许有他自己的道理。很有可能他想的是，当这份手稿所牵涉的人员都去世之后，那些造成难堪的原因也会随之消失，到那时才是这本书问世的好时机。"

其他两位读过此书的人也怀有和我一样激动的心情，一位是作家克劳狄奥·皮埃尔桑迪，另一位是文学学者及出版社社长贝内德塔·钱多瓦利。两位也都是罗曼诺的朋友，并且也像我一样承诺过归还手稿时不得私自复印，贝内德塔甚至是直接到玛丽亚家中阅读的。不知道这份手稿还有没有经其他人之手，可能马里奥·路奇也看过吧。

我们三人都一致同意这部作品无法作为一本完整的小说单独出版，但也深知它是毕兰奇作品当中的关键性读物。因此，是否可以把它列入类似毕兰奇作品全集这样的出版物当中，或者是至少提供给有需求的学者进行参考。

我们向玛丽亚提出了这个想法，她没有反对，但也没表示同意。她只是沉默，不紧不慢地，直到我们不再向她提出这件事。过了这么久，差不多20年吧，我都快忘记了这份手稿。又或者，其实我一直把与这部作品有关的记忆封存在大脑里的某个角落，等待着终有一刻能公开地谈及它的存在。

后来玛丽亚过世。那是2010年的春天，几天后在佛罗伦萨的维耶于修斯图书馆就要举办一场毕兰奇学术会议。由于当时还正处于玛丽亚的丧期，我们都不知道该如何是好，但后来我们还是决定如期举办，将此次会议致敬于她。

发言过程当中我着重描述了玛丽亚和罗曼诺之间强烈的情感关系，将之定义为一部生动的爱情小说，但它并不单纯地只是纸张上的一堆文字，而是活生生地在你面前上演。虽然，后来我又补充道，毕兰奇确实写有这么一部未出版的小说手稿。尽管在这部作品里有他自由创作的部分，但他确实是以这个方式记录下了他们之间这段动人的爱情故事。

会议快结束的时候贝内德塔·钱多瓦利把我拉到一边，低声告诉我那份手稿不在了。

"怎么不在了？"我问道，"玛丽亚不是拿回家里了吗？肯定是放在哪个地方……"

"没有，玛丽亚去世前决定烧掉他们之间的所有书信，包括那份手稿。"

"不是还有一份副本存放在帕维亚大学吗？"我问道，心里祈祷着至少那份副本被保留下来。

"她很多年前就让柯尔蒂还给她了，所以那份副本也不在。"

这真让人始料未及，但也不好去指摘对错。当然，对于书信日记这么私密的物件，不论是身为丈夫、妻子还是子女都完全有权利对它们做出任何决定。但这虽然只是一份被锁在抽屉里的手稿，难道我们不应该去考虑一下作者本人始终想将之保存下来的意图吗？

玛丽亚自己也同样认可她的丈夫是20世纪的杰出作家之一，即便罗曼诺闭口不言，她也能得知并尊重丈夫的意愿。比如，玛丽亚从来不允许再版他的第一部传记体小说《比斯托的一生》。虽然她很喜欢这本书，但她也知道丈夫对这部作品的抵触之情。所以，这叫我如何相信她现在居然做出了有损罗曼诺及其作品的行为呢？

我不认为她销毁《大道》仅仅只是考虑到这部作品来源于他们的真实故事，牵涉到一些故人。说实在的，只有当事人才有可能辨认出书里描绘的那些往事，才有可能因此受伤，而其中最有可能感到难过的人应该是毕兰奇的前妻，可她当时早就去世多年了啊。

作者本人并没有抛弃这部作品，也没有授权任何人将其销毁，为什么她要让这份手稿永远消失，不让后人阅读呢？

我反复思考着，怎么也想不通。

罗曼诺疾病缠身直至过世的这么多年，玛丽亚对他的爱慕景仰都分毫未减，始终陪伴身边。即便是在他过世之后，玛丽亚也未曾仰仗自己遗孀的身份，去左右世人对丈夫评价。她一直保持缄默、隐忍，但也不是漠不关心。然而，这样一位妻子，最终却消除了任何一个能够读到这部小说的可能性，违背丈夫留下这部作品的意愿，即便这只是一份未完成的手稿而已。

她到底为什么要这么做？

我回去找到贝内德塔继续谈起了这个事情，并不是要归咎于谁，只是单纯地想理解玛丽亚此举的真正原因。我知道，这就如同在讨论一个自杀事件一样，你所推断出来的一切解释都有可能十分庸俗、片面，甚至荒谬。她到底在担心什么？难不成手稿里还藏有什么内容会损害到毕兰奇的名誉吗？

贝内德塔跟我说，这件事情也就发生在玛丽亚过世前的几个月，她打来电话说自己把那份手稿和所有书信都烧毁了。贝内德塔当时不信，但是玛丽亚坚称"已经烧掉了"，所以现在她也只好认为事情就是如此。

当然，这么多年她也想了很久，只好把玛丽亚的这个选择看成是她对丈夫表达爱意的一种极端手段。像毕兰奇这样的一位作家，永远都在追求语言的精准度，追求契合的字眼以使作品尽善尽美。可能这样一部未完成的手稿在他眼里并不能算作是一个完整的作品，也在他的作家生涯当中过于突兀。我说自己能理解玛丽亚，但心里还是觉得她没有权利这样做。

我们本来还想再继续多聊一会儿，但其实在某一点上我们都达成了共识：作为毕兰奇的读者，我们为这部消失的小说心怀遗憾。而这本书所残余的记忆，也将在脑海中逐渐模糊，消失殆尽。

罗曼诺·毕兰奇

Romano Bilenchi

意大利作家、评论家

1909—1989

　　毕兰奇是一名朴实的作家，文字简洁精妙，从不滥用修辞。同时他又像一位能言会道的评书家，故事在他口中起伏跌宕，令人拍案称绝。他是一位被遗忘、但值得被重新发现的作家。

2

伦敦，1824年
CHAPTER

羞耻的《回忆录》

伦敦，1824年

接下来要讲的是一则关于审查的故事。但这不是官方为打击违规者所执行的审查，也不是宗教权威为维护团体道德所执行的审查，这是受害者的朋友们所进行的一项预防性行动。显然他们是为了避免某桩丑闻的发酵，保全自身名声不受损害。但这终究是一项审查，而且还是更为阴险恶毒的那种，甘愿屈服于潜规则和人们的刻板印象。

1824年4月，乔治·拜伦逝世于希腊的迈索隆吉翁。在那里，他是一位享有盛名的诗人及解放人民的英雄。

而后的一个月，他的朋友们聚集在伦敦阿尔伯马尔街，就在他编辑的办公室里。其中有约翰·穆雷一世（这里要说清楚是"一世"。据考证，按照英国的传统习俗，这个名字一直被沿用下来。直至约翰·穆雷七世才终于给自己的儿子起了另外的名字，并在2000年连同所有档案资料将出版社转卖出去）、约翰·卡姆·霍布豪斯（拜伦在剑桥大学学习时就结识的好友，同时也是他的遗嘱执行者）、他同父异母的姐姐奥古斯塔·李（关系最亲的亲人，他们之间有过一段不伦恋）、诗人好友托马斯·穆尔等。到场的可能还有一位律师，代表拜伦夫人——拜伦分居的妻子，也是他唯一婚生子的母亲。

卡姆·霍布豪斯和姐姐奥古斯塔都执言必须将他的手稿《回忆录》烧毁。这份手稿是拜伦几年前完成的，他当时把它交给编辑作为其预支两千英镑的交稿。这份手稿经由托马斯·穆尔，再转交到约翰·穆雷手上，之后我们会看到这不是偶然。

出版方本来还有些犹豫，但之后做出让步：他们同意销毁这份手稿，前提是收回拜伦之前预支的那两千英镑。奥古斯塔·李爽快地掏了钱，这事就这样悄悄地了结了，只有托马斯·穆尔持反对意见。他认为，尽管没必要将这份手稿出版，但也不该将其销毁。至少手稿里的内容记录着这位伟大的英国诗人的人生和他的热忱所在，应该将它好好保存下来。穆尔和卡姆·霍布豪斯就这个问题讨论了好几天，甚至后来发展成争吵。

托马斯·穆尔的主张毋庸置疑。并且后来我们也都知道，拜伦的多数诗集尤其是一些长篇诗，即便以我们当代的视角都难以理解。但他的散文直白又本能，拥有绝妙的韵律，当今的读者们仍旧沉湎于此。所以如果能将 *Memoirs*（该手稿的原标题）保存下来，对后人来说将会是多大的欢喜。

可惜，除了可怜的托马斯·穆尔，其他所有人都同意将这部羞耻又危险的作品永远销毁。

我不认为乔治·戈登·诺埃尔·拜伦勋爵的名声会因为这部作品而受到什么影响，无论如何他已然成为了浪漫的典范：他早熟、阴暗（托马斯·洛夫·皮科克开玩笑地把拜伦称作"柏树先生"，还能有什么比这种时常栽于墓地的树木更为阴暗的呢？）、才华横溢又充满活力、自恋、不羁、感性而英勇，在文化史上甚至人类历史上果敢地留下自己的痕迹。他的魅力多年以来征服了无数的男男女女，虽然他在年仅36岁的将死之际已经身材走样、发秃齿豁，和我们现在在肖像画当中看到的那个神采奕奕的少年大相径庭。

这部《回忆录》里到底记录了何等丑闻，以至于是光是把它藏好还不够，而要销毁、抹除，就好像它从来没存在过一样？

是记录了拜伦勋爵与安妮·伊莎贝拉·米尔班奇短暂而不幸的婚姻吗？安妮给他生了一个女儿，他们的婚姻生活仅仅持续了11个月便在流言纷争中破裂。还是记录拜伦与姐姐奥古斯塔的不伦恋？据当时在伦敦的传言（也许是拜伦自己所传），这是他们婚姻破裂的真正原因。

这些都是他们想要摧毁这本书的绝好理由，尤其是与安妮的婚姻。不难想象，拜伦面对这位感情不深的妻子可能会在书里以恶毒的言语描绘她，不惜一切代价地报复她的离去。

但实际上这些都不算是丑闻的真正原因。也许书里或多或少提到了拜伦自己的同性恋取向，尽管这在当时的英国是一种很常见的风气，但就人们看来这仍然是一桩不可饶恕的丑事，一种糟糕无耻的罪过。

今天的我们可能很难想象19世纪的英国是如何去看待两个自主的同性成年人之间的关系，即便恐同思想在如今仍还滋生在不同的环境当中。在当时，同性性行为一旦被定罪则将被处以枷刑——他们不仅会惨遭游行示众被"公开羞辱"，围观者还可能会朝犯人脸上随意投掷任何物品。如果说枷刑不是一种立见成效的刑罚，他们接下来还可能会面临绞刑。虽然同性性行为在1861年被免除死刑，但其造成的严重影响仍延续长远，这一点从20世纪初奥斯卡·王尔德的悲剧中便可体现。

一旦类似的丑闻被披露，受害者们有的自杀，有的逃往异乡，侥幸逃过一劫的也要离群索居，被社会孤立，或者与同伴一同隐居乡村相互慰藉，直至丑闻发酵至妖魔化受害者形象的地步。

乔治·拜伦是当时英国最负盛名、最受喜爱和收入最高的诗人之一。尤其是在他发表了《恰尔德·哈洛尔德游记》（*Childe Harold's Pilgrimage*）之后，获得了无可比拟的成功，深受上流社会的欢迎。但随着他诗人声名鹊起的同时，关于他同性恋取向的传言也越来越多。出于这个原因，在姐姐奥古斯塔的建议下，拜伦决定以结婚作为挡箭牌。殊不知这些流言不仅没有因这桩婚姻平息，相反由于婚姻过早破裂愈演愈烈，据传被冷落的拜伦夫人和另一名愤懑的情人也在其中推波助澜。

因此拜伦最终被迫采取类似逃离的方式：于1816年离开英国，并且深知自己可能再也回不来了。

在周游欧洲大陆很长一段时间之后，拜伦留在了威尼斯。这里的社会环境更加开放宽容，并且可以尽可能地少与英国社群打交道（相反他在罗马和佛罗伦萨只停留了很短的时间）。在威尼斯开始了他诗集的高产期，也正是在1817—1818年这段逗留的时期里，他着笔于这部《回忆录》，直到1820—1821年间加以润色修改。对于拜伦这样运笔自如的作家来说，花费这么长时间的作品不免让人幻想这该是一部怎样鸿篇巨制。

在拜伦的每部作品里都可以找到他人生经历的些许踪迹：他的旅途、思考、学识和遭遇；但只有在这部《回忆录》里我们可以看到他倾注纸上的私人记忆，他在前作中都从未揭露过的情绪。所以拜伦最终想告诉世人的，很有可能就是自己的同性恋取向。

我之所以要说"可能"，因为我现在包括之后的谈论，都是在讲一本已经不存在的书。但无论我怎样有所保留，始终都有一些证据支撑这个观点。

当然，对于拜伦本人到底想以何种方式来讲述他人生的这一部分还有待考量。事实上他肯定清楚在当时的英国，类似题材的作品是很难出版的。也许他考虑的是，即便他死后无法出版，在未来的某一天也终将问世，但至少肯定考虑过发表这部作品。否则他怎么会把手稿亲自寄给自己的编辑，还提前预支了两千英镑的酬劳呢？

尽管之前已经赚了不少，但显然他当时还是需要钱的，所以才会如此果断地把自己手上完成的作品交出去换钱。疑点在于，在明知这部作品几乎无法被出版的情况下，约翰·穆雷为什么真的就这么慷慨地预支出了如此丰厚的薪酬。

人们要怎么把拜伦同性恋者的形象和那个我们所熟悉的魅力十足的"女性杀手"的形象结合起来？

值得一提的是这位英国诗人在当时就是一名风流成性的花花公子：其中当然不乏女性（由于女性仰慕者众多）及年轻男子（多数都类似于他在剑桥大学读书时的同伴）。"混杂"和"丰富"两个词足以概括他在求学（与卡姆·霍布豪斯发生过关系）及海外旅行期间的性生活。因此在他与女性之间万花筒般的情爱历险之下，可能也隐藏着其他偏好。

卡姆·霍布豪斯也是拜伦年轻时的情人之一，还有另一名拜伦的挚爱：英年早逝而无法与这位诗人再会的约翰·埃德尔斯通。

所以不难理解，当拜伦的死讯在1824年5月的中旬传至伦敦时，卡姆·霍布豪斯非常紧张这部已经落入编辑手里的《回忆录》，不光是为了朋友的名声，当然也为自己。也许应该更多的是为了自己的名声而忧虑，因为他在拜伦死后不久便步入仕途。

此外卡姆·霍布豪斯曾在他们第一次一同出游外国的返途中，劝说拜伦销毁他日记里的部分内容，以免过境检查时被人发现。也是在那个时候，上文提到过的也时常出现在拜伦日记内容里的约翰·埃德尔斯通，于海德公园的一次警察围捕行动中被逮捕，因此拜伦本人也十分懊悔将那部分记录了爱人的日记内容销毁。这点我们可以从拜伦之后选择将手稿托付于托马斯·穆尔而不是卡姆·霍布豪斯看出，因为他已经不再信任卡姆。之后再由托马斯·穆尔将《回忆录》转交至编辑约翰·穆雷。

彼时的《回忆录》，据拜伦本人所述，已然被部分"净化"了。他深知此事的敏感程度，这点他也在日记《千头万绪》中提到过。但日记的部分销毁显然在卡姆·霍布豪斯看来还远远不够。

自我审查、删减、预防性审查这一切的行为都代表着：对于枷刑和绞刑架的恐惧仍然盘旋在他们的头上。

　　事实上，直至20世纪中期，英国的同性恋议题仍然面临十分严峻的环境：比如约翰·穆雷（尚不清楚是这七代穆雷当中的哪一个）曾允许过一位研究拜伦的学者莱斯里·马尚德查阅出版社里的档案资料，前提是他不能提及任何与拜伦同性恋生活有关的内容。直到70年代，马尚德才在一部自传题材的书里模糊地谈到拜伦的性向，但那也仅仅是因为英国终于在1967年（时隔这么久！）才将同性恋除罪化。

　　我们一直在说拜伦本人始终以自己的合法情感，至少说是以异性恋的身份小心翼翼地想掩盖这些人们当时不该发现的秘密。那么在长诗《曼弗雷特》当中，拜伦以更为直接的方式细数了那些他无法从容享受的热情所在，用隐喻的手法谈及了自己的不伦恋情（与姐姐奥古斯塔之间发生的不伦恋，并且很可能想以此掩盖自己婚姻破裂的真正原因）。

　　诗人、作家弗兰克·布佛尼曾在自己的一部小说《拜伦的仆人》里讲述了这位《唐璜》作者的人生。这部小说于前几年问世，他在书里虚构出一位佣仆讲述着雇主的人生，填补了那部《回忆录》给我们留下的一些疑团。尽管，如同这位小说里的主人公所说：

"……主人的《回忆录》我已经完完整整地读过，一字不漏：我只后悔当初没有能将它偷偷地抄一份下来，救其于这场屠杀之中。现在剩下的只有我的片段记忆。当然，我可以把书里所记录的故事全部说出，可惜我无法还原勋爵彼时的文采。而在文学的世界里，显然，文采即为一切。"

布佛尼跟我谈过很多事情，其中他提过自己对拜伦交织的众多情感关系当中有什么不同之处的看法。他说，如今我们有足够的术语去定义和区分一个人的性取向和性行为。拜伦的性行为很显然是双性的，并且相当混杂，风流成性（他写出《唐璜》绝不是偶然，并且在这部未完成的长诗里赋予了主人公魅力难挡的情圣设定）：无论权贵还是平民，从威尼斯的那位面包店女老板到伯爵夫人特蕾莎·甘巴·圭乔利（她同时又暗恋着其兄弟），还有年轻男子或娼妓；而且风流随处：无论是奥斯曼帝国（他后来所参加的希腊独立战争）、阿尔巴尼亚、意大利或是马耳他，都记录着他无法自已的各种风流韵事。可一旦提到他的取向，他的挚爱永远是一些年轻男子，从埃德尔斯通到他最后认识的希腊男孩卢卡斯·查兰德里查诺斯。后来这个男孩在拜伦奄奄一息时，带着原本拜伦准备用于希腊战争中雇佣士兵的钱跑掉了。

如今我们如果读拜伦的一些书信集，都可以很明确地感受到他内心深处对于男性形象的激情。但同样也能够感受到，至少在他身处英国期间，这篇故事正如我之前所说不仅是一篇关于审查的故事，更准确地说应该是自我审查。这一点在拜伦同意销毁部分日记内容的这一行为，和他在书信用语当中的谨小慎微可以看出。他常常使用拉丁语或希腊语玩一些文字游戏混淆概念，以免信件的真正收件人读懂其中的内容。

这也是为什么他在意大利可以如此安心创作，谈情说爱的能力也达到极点。他可以自由地撰写《回忆录》：开始总结他人生中也许最为幸福的这段时光，当然我们没人知道他是否真正得到了。

A mind at peace with all below
A heart whose love is innocent

un animo in pace col mondo
Un cuore che ama innocente[①]

_____

① 作者译。

29

灵魂安宁于尘世，
心之所向为纯洁①

就像他在这篇美妙的诗作《她行于华彩》中所魂牵梦萦的女性一样。

在威尼斯之后他的内心再也没有燃起如此热烈的火焰，一是体能的衰退抹去了原本性感的魅力，二是后来他将激情投放在自己不幸失败了的希腊民族解放运动的事业当中。

现在我们重新回到1824年5月的编辑办公室里，那个阴冷多雨的5月。

托马斯·穆尔仍然在反抗着，竭力阻止自己伟大的友人兼同行的杰作被付诸一炬：这样就如同拜伦又死了一次。可惜只有他孤身一人在坚持着。

我愿意加入他的行列，请求在场的所有人考虑他的提议：深藏这些文字吧，把它封锁于一个无人可以打开的空间里一个世纪，甚至两个世纪；但请你们不要摧毁它。人们享有被保护的权利神圣不可侵犯，但不应该殃及文学：只要你愿意，这两者完全可以并存。我不认为拜伦把《回忆录》交给编辑

_____

① 译者译。

仅仅是如同某些人的猜测一样，是为了报复前妻。他一定希望《回忆录》出版。请尊重他的意愿！

可惜我没法在场，其他人也只能劝服穆尔。

他们同意委任穆尔来完成拜伦勋爵的第一本官方授权的自传，他甚至可以解述《回忆录》里的部分内容，直接引用其中的部分段落（但穆尔本人在引用时也以星号自主屏蔽了其中一些过于"有伤风化"的词汇），前提是他必须排除任何模糊地涉及其同性关系的内容。后来穆尔屈服了，他任由自己被收买，虽然不像约翰·穆雷一样屈膝于金钱。这部自传在1830年出版。

这捆纸张就这样烧毁在编辑的壁炉里，很难想象最终到底是谁有这份勇气把它抛至火堆中。应该不会是归还了手稿的约翰·穆雷，也不可能是诚惶诚恐的卡姆·霍布豪斯，更可以排除由女性来完成这项工作的可能，托马斯·穆尔肯定也不会接受这件事，也许他赶忙离开了房间以免目睹这场悲剧。最后很可能是某个出版社里勤杂工烧的，白发苍苍对此一无所知；又或者是拜伦夫人请来的那位法律代表，完事之后还暗地里沾沾自喜。

无奈唯一确定的是，在1824年的那个5月，拜伦的这部《回忆录》永远地遗失了。

乔治·戈登·拜伦

George Gordon Byron

英国浪漫主义诗人

1788—1824

爱我的，我报以叹息。恨我的，我付之一笑。

——《唐璜》

3

巴黎，1922年

CHAPTER

回忆是最好的评论家

巴黎，1922年

如果一个作家说自己的作品（无论长短、完成与否）在一场惊险的事故中丢失了，需要从头写过，我们该不该相信他呢？

这种事情太多了，它们之间又是如此相似，很难让人不去怀疑。就好像文学世界里的多马一样，我需要切实的证据，或者至少是能对接上事件发生时间的蛛丝马迹来相信其真实性。

如果我说这本书的消失直接归咎于作家的第一任妻子，而后他又再婚了3次，你会不会因此而猜想：他其实没有那么重视这位妻子，她在这个故事里刚好只是一个完美的替罪羊呢？

此外，如果考虑到我们所谈论的这位作家，即使不说他是一个吹牛狂好了，但他也总喜欢给自己营造出一种桀骜不羁的形象，迷失于战争、爱情和旅行；因此是不是没必要以谨慎的态度去看待他所说的话呢？

总之，考虑了这么多问题，还是先把故事讲了再看看能得出什么结论吧。

我们来到1922年末的巴黎，镜头锁定一个手提箱，我讲着讲着你就会发现这个箱子是贯穿整个故事的线索。火车即将从巴黎里昂站出发，这个手提箱和其他行李一起被放在置物网上。原本带着这个箱子的女士突然感觉渴得难受，所以她把行李留在车厢里，小跑着下车去买一瓶依云水。但当她回到火车上时，手提箱不见了。

这个箱子里装着20世纪一位大作家欧内斯特·海明威的所有草稿，可能还有一部完整的小说。而那个因为口渴而被盗的女士就是他的第一任妻子，哈德莉·理察逊。

海明威本人讲述了这个故事，他在书中写过《我的老头儿》——爱德华·欧布莱恩曾破例将这篇未发表的小说编入《全美最佳短篇小说集》——和另一篇小说，是那次哈德莉在车站搞丢了那个装满作品的手提箱之后仅存的两篇创作。海明威说，妻子本来把手稿、打字稿和复写稿全都装在箱子里，打算带去洛桑给他一个惊喜，好让他在山上度假时也可以继续工作。《我的老头儿》之所以没有弄丢是因为之前海明威把它寄给了某位编辑，但被退稿以后就又邮寄发回巴黎，哈德莉没有把它从邮箱里取出来。另一篇没丢的小说是《北上密歇根》。因为海明威把这篇作品拿给格特鲁德·斯泰因看过之后收到了很差的评价（格特鲁德的原话是"inaccrochable"，意为无法挂出去售卖的画），所以他把这部作品扔到了抽屉的角落里。

后来海明威从瑞士南下到意大利，把这篇《我的老头儿》交给当时住在拉巴洛的欧布莱恩看。在这里我们直接引用海明威书里的原话：

"那段时间我处境不太好，觉得自己再也无法写作了。把这篇小说拿给他看完全是出于好奇的心理，就好像你笨拙地想给人展示一个不晓得怎么给弄丢了的磁罗经，又或者你抬起穿着靴子的脚，开玩笑地假装自己在一次车祸之后被截肢。他看完之后，脸上露出比我还要伤心的神情。我从来没见过谁如此伤心过，莫非不是因为死亡或者某种难以承受的苦难，除了哈德莉告诉我东西弄丢的那次以外。她不停地哭啊哭的，泣不成声。我安慰她，不管怎样最坏的事情已经过去了，一切都会好起来的。无论到底发生了什么都没关系，不要担心，我们都可以一起度过。然后她才终于把事情的来龙去脉告诉我。我当时不信她连复写稿都装进箱子里，所以我就雇了一个人顶替一下我在报社的工作。我当时在新闻业赚得不错，然后我就搭火车前往巴黎。结果正如她所说。我还记得我进到公寓里发现情况确实如此之后的那个晚上我都干了些什么。总之事情已经过去了，琴科也建议我不要去深究因果；所以我叫欧布莱恩不要那么难过。这对我来说也许是件好事，我还给他说了很多鼓劲儿的话。我还会再继续写作的，我说，我本来只是想对他撒个谎好让他别那么难过，但话一说出口我就知道我会的。"

这是海明威在许多年后的一本书里写到的。小说名为《流动的盛宴》，写于晚年，在他逝世之后出版。正如他在书里所说的那样，似乎哈德莉和欧布莱恩对于那次损失比海明威自己还要难过。但其实他在书里反复提及自己也许无法再次提笔写作的这个想法，也表明了这个事件对他来说也是一个不小的打击。

哈德莉·理察逊，一个来自圣路易斯的年轻女性，28岁的她遇到海明威时他也只有20岁出头。她称不上漂亮：方形脸，淡红色的头发。然而，当海明威在这本晚年创作的书籍里提到她时，哈德莉仿佛承载着岁月当中海明威所失去的一切，而之后的婚姻中再没有一任妻子能让他有那样的体会：那是某种比丢失的稿件还要珍贵的东西。他想讲的，并不仅仅只是一个装满手稿的手提箱在车站被偷的故事。那是一位仍处于摸索阶段的作家：数页的心血在短时间内付诸一炬，没有寻回的希望。尽管来日方长，但终究得以沉重的心情去面对。这时的他还不确定自己该不该往作家的道路继续走下去，每一个意外都有可能导致他灰心放弃。

我说过，因为时间间隔过长，我们可以质疑作家们某些记忆的真实度，但《流动的盛宴》确实是根据海明威自己的随记写的。20世纪30年代末他把这些随记和其他杂物放进两个小盒子里忘在了巴黎的丽兹酒店，直到经理发现后才于1956年9月回到海明威手上（不得不说海明威自己也挺爱丢三落四的）。所以这件事情我们是可以确定的。

那时海明威在洛桑，是《多伦多星报》驻欧洲特派记者，而哈德莉本想带过去给他的那些稿件只是海明威对文学创作的一些尝试。试着写写小说，看自己除了记者以外能不能在未来成为专职作家。

当然，在这本书里我讲的所有故事当中，海明威的遭遇我都觉得不算那么严重的：因为那些丢失的稿件不代表着无法弥补的损失，也并不是没办法重新写过，仅仅只是一个不顺利的开始而已。而一个不成功的开端之后，还可以继续尝试，也许会呈现出更好的结果。

然而对于年轻的海明威来说，这简直是一场悲剧，仿佛世界末日，同时畏惧未来的不确定。他幻想着哈德莉是否真的把所有稿子都收拾到箱子里，是否巴黎家中还残余复写稿，就足以表明这件事情的严重性。可惜哈德莉匆忙动身，只是一股脑地抓上了所有那些纸张，并没有认真筛选，反正到时候用不用得上也得丈夫说了算。

海明威好像还发了份悬赏通告，奖励找到行李箱的人。很明显小偷拿着这些纸没什么用，又不值钱，可对于海明威来说这是他三年多的心血。但没有结果，显然这些小偷没有读到他发在报纸上的通告，那个手提箱也再没有出现过。

我们也将看到，根据海明威自己或者格特鲁德·斯泰因对《北上密歇根》的评价，这些文字创作的初试还有许多不足，言辞造作，自以为是。考虑到海明威死后他的一字一句人们都争先发表，那么这样的稿件丢失了未必不是一件好事。但同时我们也要考虑到，那个阶段的海明威都不知道自己还能不能继续写作，手提箱的遗失真的动摇了他的信心。

这次遗失事件的真实性和它给海明威所造成的心理创伤，我们还可以从一封信件里得到证实。这是他在事故发生不久后，1923年1月写给埃兹拉·庞德的：

"想必你也听说了拙笔遗失的事。你肯定会说什么'挺好'之类的话，但请不要对我说，我还没达到你那个境界。这是我花了三年的心血啊。"

事实上在庞德的回信当中，他不仅无视朋友请求他不要把它当成一件好事来看待，还将其比作"有如神助"，让海明威好好地回想一下那些他认为值得重拾的内容，因为回忆是"最好的评论家"。

但真的如同庞德所说，回忆是最好的评论家吗？人们真的可以凭着记忆完整地找回那些丢失了的文字？这意味着，一来你要重新寻回某种感觉、某个想法或是某段文字，二要想到这整页整页创作的辛苦。边改边读，最后才终于得到想要的内容。谁有这种能力去回忆这一切？

而且，如果像海明威在《流动的盛宴》里所写的那样，丢失的稿件中还有一部"已经完成的小说"，谁能光凭回想就再把它一字不漏地重写出来？

　　但那部小说可能也不尽如人意，理由是它充满着"青少年时常的无病呻吟"，因此"它弄丢了也是一件好事"。因此，至少这件事情警醒着十多年后的海明威，让他思考并采纳庞德的提议。他当初该完成的小说应该是另外一部——1926年出版的《太阳照样升起》，即便这花了他不少时间。

　　像他这样坚强、健壮、充满活力的人，即便是在那个年代里穷困潦倒、饥寒交迫，一切还是充满希望，可以从头来过的。就算他想不起来那些丢失的文字，也可以尝试新的创作。

　　这件事中遭受最大创伤的人可能是哈德莉。她不知道也不确定丈夫还会不会继续写作，尽管在那些年里是她毫不动摇地坚信着海明威的才华，陪伴着他成长。哈德莉内心里并没有这个能力告诉自己一切都可以重新开始，都会变好。

　　也许当海明威捧着丽兹酒店经理寄来的那些老旧的随记时，脑海里就是这么想的。或许他读着读着，又回想起那些年的时光，他那一去不返的青春和离去十多年的妻子。现在在他看来，她仍然脆弱、有错，但同时也是这些事情的受害者。

因此《流动的盛宴》也许本来还有另一个名字，我的作家朋友洛伦佐·帕沃里尼这么和我说，我从他那里了解了关于这个故事的很多信息。因为海明威喜欢在决定最终书名前先拟出很多不同的选择。这本书的另一个待定的名字原本叫做《有你的不同时光》。你看，那时是怎样的差别。可以这么说，也正是在那时，在那个遥远被遗忘的世界，他才成为了一名作家。

我们是幸福的，能在文学和传言中窥探一番，在那些纸张中追踪一位作家的轶事，即便其中充满了错误与恐惧。像一只无头苍蝇在实验室里乱撞，直到有人终于找出一个准确的公式。但你知道，真相终将大白。因为一位作家确实可以一夜成名，但不能忘记这期间要经过怎样漫长而艰难的时光。

在1961年的4月，也就是海明威第一次尝试自杀失败的三周之后，和他不久后便成功自杀之前，他写道：

"写作当中也藏有许多秘密。无论当下看起来如何，都不曾损失分毫。被遗忘的那些也总会再次出现，重申所保留的。有人说，在写作中你只有给予才能够拥有，仓促中你甚至需要抛弃。巴黎的这些事情过去了这么久，你也许始终都没有真正地拥有过，直到你把它写进故事里。然后你也许又得将其抛之脑后，否则它将再次被偷去。"

他用了这个词：偷，会是偶然吗？或许海明威在写这段话时，回想起那个车厢里口渴的哈德莉，想起拎着手提箱逃跑的小偷，发现箱子里的物品毫无用处之后又将其丢弃。想起那个飞奔回巴黎，结果也没找到复写稿的自己。

他应该还想起了他的第一任妻子，和诸多我们仍旧不清楚的青涩往事。

欧内斯特·海明威

Ernest Hemingway

美国记者、作家，1954年诺贝尔文学奖得主

1899—1961

"不过人不是为失败而生的，"他说，"一个人可以被
毁灭，但不能被打败。"

——《老人与海》

4

波兰，1942年
CHAPTER

弥赛亚降临桑博尔

波兰，1942年

名男子出于报复，杀害了另一名男子的奴隶。

这不是在古埃及的金字塔下，也不在古罗马，更不在美国南北战争时期路易斯安那州的种植园里，这发生在1942年欧洲波兰的一个小城里。这座小城的名字很难读：德罗霍贝奇（Drohobycz，之所以要这样写出来是因为在波兰语里它就是这么写的，我所说的这个故事也发生于这座城市还属于波兰管辖的时期。现在它已经归属于乌克兰管辖，名字的写法就完全不一样了）。上面提到的那两名男子都是纳粹军官：一个叫菲力克斯·兰道，另一个叫卡尔·甘瑟。他们之间发生了争吵之后，甘瑟为了向对方报复便杀害了他的奴隶泄恨。这名奴隶，

51

准确来说，是兰道羽翼之下的一名庇护对象。他出生于波兰，是一个矮小的犹太人。之所以得到庇护是因为兰道喜欢他的画，叫他到自家孩子的房间里作壁画。

这位画技高超的矮小的犹太人，实际上也是波兰乃至全欧洲在20世纪最伟大的作家之一，叫布鲁诺·舒尔茨。

在这个事件发生的50年前，也就是1892年，他出生于德罗霍贝奇，此后便再没有离开过这里（除了在维也纳生活过3年）。他出版过两部小说：《肉桂色铺子》和《沙漏做招牌的疗养院》。在这两部作品里他讲述了在故乡也就是德罗霍贝奇小城里所发生的故事，里面有上千个人物，一同构建出一个穷苦而迷人、平凡又魔幻的世界。以童话、梦幻，同时又紧张、令人焦躁的方式进行叙述。

总之，是一种介于马克·夏加尔和弗兰兹·卡夫卡之间的风格。

"他是一名侏儒，有着袖珍的体型和不成比例的大头，总是战战兢兢，缺乏生活的勇气又遭到生活的排挤，是那种喜欢悄悄地躲进角落里的人。"这是他的朋友（这是朋友该有的态度？）兼同事维尔托德·贡布罗维奇对他的描述。然而，这位羞怯

52

的袖珍男人是一位非凡的作家。

从20世纪30年代中期开始，舒尔茨就投身于一本小说的创作中，书名是《弥赛亚》。这本书被认为是他人生当中最关键的作品，也随着他在1942年9月的逝世一同消失于波兰，而起因居然是因为这两个德国军官愚蠢的恼怒。

"人们听说我对布鲁诺很感兴趣，便给我发来很多关于他的资料。你一定会惊讶于大家写了多少有关他的事，有用波兰语写的，也有用其他语言写的，其中还有不少关于《弥赛亚》内容的猜测。这本书还没有人看过就消失了。有人认为在这部消失的小说里，布鲁诺想扮演约瑟的角色，利用他文字的魅力使弥赛亚再现，降临至德罗霍贝奇的犹太社区中。也有人确信原稿里的内容与纳粹大屠杀有关，讲述了他在德国侵略者的强权体制下最后几年的生活。但我们两个都知道并不是如此。他还是热爱着生活，那样平凡简单、日复一日的生活；大屠杀在他看来仅仅像一间疯狂的实验室，以百倍的速度和功率放大人类的进程。"

这段话写于大卫·格罗斯曼的《证之于：爱》当中，我认为这是一部杰作。书里有相当一部分章节致敬布鲁诺·舒尔茨，并且根据作者的叙述，布鲁诺并没有死去，而是变成了一条鱼，准确来说是一条会溯河洄游的鲑鱼。

布鲁诺·舒尔茨的人生和他那本消失的书启发了许多作家。除了格罗斯曼以外，辛西娅·奥齐克写了一部关于《弥赛亚》消失于斯德哥尔摩的小说（我们也将看到小说有时是如何预见未来的），还有一位意大利作家乌戈·里卡雷利写了一部《一位也许叫作舒尔茨的男人》。有时候某些书籍的消失确实有着召唤新生的力量，启发其他作家进行创作，填补自己造成的空缺。但这些创作就如马里奥·巴尔加斯·略萨所说，都是"基于事实的编造"，比如把布鲁诺·舒尔茨变成一条鱼。

举个例子，我们真的能够确定事情如格罗斯曼书里所写的那样，《弥赛亚》从来都没有被人读过就这么消失了吗？

我们首先来核实一下这本书是不是真正地存在过好了。

布鲁诺·舒尔茨在他1934年到1939年间的书信往来中说过自己正在写这本书，从这些信件中可以看出他有多重视这部作品，对他来说这就是他的文学绝唱了（他确实是这么说的）。那时的他刚刚结束自己和约瑟芬娜·瑟琳斯卡的婚约，这部作品是他在那段艰难时期之后的成果。约瑟芬娜曾劝说他离开出生的故乡与自己在华沙共同生活，但舒尔茨拒绝了。他们的这段关系还曾动摇了舒尔茨自己的犹太人身份，甚至考虑转信天主教（他不知道自己的未婚妻之前也是转信了天主教！）。也许正是这段关系的结束使其更亲近祖先的文化、犹太人的文化，而即将到来的弥赛亚便是这个文化当中的核心形象。

我们可以通过另一个要素来确定这本小说确实存在过，并且几乎完稿：亚瑟·桑道尔，一位重要的波兰学者、评论家，同时也是布鲁诺·舒尔茨的好友。他宣称在1936年的一个假期中，布鲁诺曾让他读过《弥赛亚》的开头，似乎是这么写的：

"你知道吗？我妈妈有一天早上对我这么说道，弥赛亚要来了，他已经到达了桑博尔的村子里。"

桑博尔是德罗霍贝奇附近的一个村子。

因此这部小说是存在的，如果有必要的话我们还可以列出其他证据。首先我们可以读到这本书里的两个章节：《书》和《天才时代》，两个引人入胜的十分完整的故事。这两个故事也可能就是被布鲁诺·舒尔茨从这本小说中剔除出来，又作为独立的故事加进短篇小说集《沙漏做招牌的疗养院》里。这两个章节也让我们感受到《弥赛亚》中那个梦幻的世界，也延续着以往作品中他独一无二的叙事风格。

然后要说说舒尔茨的画，因为这部小说里原本就有他自己创作的插画。正如我在开头说过的那样，他是一位了不起的画家。事实上，"插画"二字描述得还不够全面，有所局限。因为绘画和文字之间起着一个相互支持的作用，都是他的小说里不可缺少的一部分。有点像早期的图像小说。现在我们有一些画可以证明舒尔茨当时对《弥赛亚》的创作。

此外，布鲁诺·舒尔茨曾于1935年接受过朋友斯坦尼斯洛·伊格纳西·维特凯维奇的采访。在采访中他说，写作和绘画是满足自己表达需求的必须途径：

"对于有些人问到，我的绘画中所表达的内容是否与文字相符，我的回答是肯定的，它们是同一个现实当中的不同体现。……绘画的运用植入了一个比文字更为具体的界限，我认为以这样的方式，我可以在写作中进行更完善的自我表达。"

也正是有了这些画，我们才能真正了解舒尔茨的世界。那是一个传统的犹太世界，贫穷而静止，与西欧的犹太世界截然不同。像他本人一样，那个世界也因为纳粹的入侵被一扫而空。他似乎早在1938年最后出版的一部小说《彗星》中就有了这样的预言：

"一天，我哥哥放学回来之后，带回了一则难以置信却又真实的消息：世界要灭亡了。我们让他再重复一遍刚才说的话，想着是不是自己听错了。然而并没有。"

所以《弥赛亚》确实存在过，这一点毋庸置疑。而且这部作品已经，或者说是几乎已经完成了。那则"难以置信却又真实"的消息，应该是指爆发了战争，且波兰在那场战争中脱离了欧洲的政治版图，被《苏德互不侵犯条约》一分为二：一部分归苏联，另一部分归纳粹德国，德罗霍贝奇在这次瓜分中被分给苏联一方。

舒尔茨似乎从1939年起就停止了写作，而在苏联的统治时期，他忙着挽救自己的很多作品，把它们专门托付给一位朋友，也是舒尔茨的同事，卡兹米尔兹·特鲁查诺夫斯基；有人曾猜想这其中有没有《弥赛亚》，但他一直否认。

后来，随着1941年8月德国入侵苏联，德罗霍贝奇落入德国统治之下。从那之后，对于舒尔茨到底如何处理那部小说的猜测就层出不穷：有人坚信他把小说的打字稿埋在花园里；有人猜是藏进了墙壁里；还有人觉得是嵌在了地板的瓷砖下。因为那时有很多的犹太作家为了拯救自己的文字，真的就把它们以某种方式藏起来，其中至少有一本手稿就是这样被找到的。如果大家允许的话，我想在这里稍稍偏离一下轨道，因为这个故事太值得一讲了。

1987年，当时两个工人在翻修波兰拉多姆的一处住宅。他们在敲掉的一块墙里发现了一个瓶子，里面装着一堆纸条，上面写满了意第绪文字。文字的作者叫西姆哈·古特曼，他没能在迫害中存活下来。他写的这部小说直接描述了纳粹统治下犹太人在波兰的生活，并且把它分成好几份，一点一点地藏在不同的地方。然后他把这些地点都指给儿子雅科夫看，让他牢记。幸存下来的儿子后来移民到以色列，但当他再次回到波兰，却没能找到父亲的那些隐藏地：当然这其中有记性的问题，也因为有很多地方被摧毁之后又重建。好歹有一部分内容在超过三十年之后还能重现。多亏了那两个工人，发现了瓶子之后没有选择把它丢进垃圾堆，至少我们现在还能读到这部小说当中的一小部分。

可惜《弥赛亚》并没有在德罗霍贝奇的某个装修工程中蹦出来。可以确定的是耶奇·费科夫斯基，波兰诗人兼研究员，在他多年悉心收集的布鲁诺·舒尔茨资料中（有书信、绘画，包括战后研究舒尔茨所发现的笔记）也没有这部独一无二的小说。

我写到现在，很多内容都要感谢弗兰切斯科·卡塔路奇奥。他热衷于波兰文化，也是一名行家。正如他在《我要去看看如果那里更美好》这本书里所写的那样，他跟我说了这数年来他对布鲁诺·舒尔茨所了解到的一切。但在我们交谈的最后，他给我讲了一个不可思议的故事。

之前我提到过，有很多的书都与这位波兰作家和他那本消失的书籍有关，其中有一本来自辛西娅·奥齐克，书名叫《斯德哥尔摩的弥赛亚》。在这部1987年的小说里，这位美国女作家虚构了一名男性，他认为自己是布鲁诺·舒尔茨的亲生儿子，联系了斯德哥尔摩一家古董书店的怪人。这名怪人是一位女士，她宣称自己手里持有《弥赛亚》的原稿。故事的最后这份手稿又再次消失（准确来说是被人当作赝品烧毁了），但主角仍然疑惑那份手稿的真伪。

好了，在苏联解体的几年之后，也就是20世纪90年代初，当时波兰的外交部长兼历史学家布罗尼斯洛·葛莱米克对弗兰切斯科·卡塔路奇奥说，不久前有一位瑞典的外交官接近自己。这位外交官在基辅（与德罗霍贝奇一样，现在归乌克兰管辖）收到苏联国家安全委员会的一名前特工（他也记不清是不是特工了，总之是一位有名望的人物）的联系。这个人宣称特工局的档案室里藏有布鲁诺·舒尔茨《弥赛亚》的打字稿，如果瑞典政府感兴趣，或者外交官能做个中间人与波兰政府联系的话，他愿意把这份稿件卖出去。葛莱米克收到了这份稿件的其中一页，并把它交予专家们鉴定真伪，其中就有耶奇·费科夫斯基。鉴定的结果是这张纸的确与《弥赛亚》有关，因此他们给了瑞典外交官约定好的钱，动身前往乌克兰赎回这份稿件。

这份稿件他到底有没有拿到手我们不得而知，因为在返程中外交官的车遭遇了一场事故，他和司机都葬身于火海之中。

事故到底是怎么发生的，是人为还是意外？无人知晓。我们也没办法知道当时那份打字稿到底在不在车里，像辛西娅的小说里写的那样被烧毁。又或者，那位外交官空手而归，而稿件还藏在某个角落里。（总之肯定也不会那么荒诞，诸如把大量美元藏进鞋里偷运回家此类的。）不过在那个混乱又糟糕的年代里这样的事也时有发生。

至今仍有不少人确信自己持有《弥赛亚》的打字稿，他们要么请求费科夫斯基鉴定，要么联系布鲁诺·舒尔茨的继承人，也就是他现居瑞士的侄子，可所有这些来往都毫无结果。

布鲁诺·舒尔茨

Bruno Schulz

波兰作家、画家、建筑师

1892—1942

在昏昏沉沉的闲聊过程中，时间不知不觉流走了，时光流逝得并不均衡，有些时段像打了绳结似的不顺畅，因而延宕了时间，然后又在某个地方吞噬了整个空余的时段。

——《肉桂色铺子》

5

莫斯科，1852年

CHAPTER

荒原上的《神曲》

莫斯科，1852年

到目前为止，我说过的所有故事当中，没有一本书是因为作者本身的原因而遗失，也没有哪一本是因为作者的疏忽而需要对此背负间接责任，比如下一章中要讲到的马尔科姆·劳瑞。

然而，接下来要讲的故事则是这位作家的完美主义导致了他不可避免的溃败。他想给这个世界呈现一部高于一切超乎众生的作品，用这样一部举世无双的创作使所有人信服。在这部作品中一丁点的缺点都将是不可接受的，宛如一件艺术品，兼具文学理论及道德观念。就是这样的执念导致了这场悲剧。

这位作家就是尼古拉·果戈理，19世纪最伟大的俄国作家之一。他比较令人难忘的小说有《外套》和《鼻子》，但最著名的是那部《亡魂》，这也是在这个章节中我主要谈论的那个"受害者"。

其实有一部名字差不多的《死魂灵》，你可以在各大书店都能找到，但我们现在仍能读到的这部《死魂灵》只是某个系列作品当中的第一部，在这背后也许还暗藏着一个更宏大的篇章。实际上这个系列当中的第二部已经有五个章节被找到了，只不过它们可能更常出现在一些注解目录当中，但这也应该是当时果戈理因为不够满意而舍弃的初稿。这位俄国作家当初构想这部小说应该被分成三个部分，像是俄国本土荒原上诞生的《神曲》，所以要包含"地狱""炼狱"和"天堂"这三大部分。

在第一部作品当中，也就是果戈理生前就出版了的那部《死魂灵》，我们的主角乞乞科夫来到了俄罗斯的某个小镇上，意图收购那些"死魂灵"。"死魂灵"是对那些往生农奴的别称，但他们还没有注销户口，因此他们原本的地主仍然得为他们上缴税务。"您在做什么？""您把他们买下来有什么用？"，大家都这样问，但最终还是选择把他们卖给乞乞科夫来获利，也好节省许多税费。但乞乞科夫也打好了自己的小算盘，他把这些不存在的"魂灵"又另外抵押出去，用他们收敛钱财进行投资或开销。

　　这个故事的灵感来自于普希金在某个专栏上读到的一个真实事件，他把这个事情告诉果戈理后似乎对果戈理剽窃这个创意的举动感到不满。

　　第一卷《死魂灵》（因为审查的问题，最初的书名本来是《乞乞科夫的历险》或者叫《亡魂》；因为"魂"这个词从字面上去理解的话应该是指"鬼魂"，再加上"亡"这个形容词就比较接近于它的引申义）于1842年出版，引起了很大的轰动。这是一部你无法给它归类，既讽刺、荒诞，又现实、包罗万象的天才之作。当时收获非常多的欢迎和热爱，既遭遇了反动评论的抨击，同时又受到来自俄国革新文学界的推崇。面对这些赞扬，当时就已经颇有自信的果戈理更加觉得高人一等：认为自己是被派下凡间的某种文学救世主，要给俄国人民指明一条正确的道路。也许正是这个想法导致了他的迷失。

　　他是一名有自我毁灭倾向的完美主义者，一直以来都是。当他还只有18岁的时候，他写了一篇长诗，发表在当地的一个小杂志上，但引来了一些批评。面对这些评论，果戈理买下所有杂志然后把它们全部烧光。

但对于《死魂灵》，他十分在意的那些人不但没有给予否定，反而对他怀抱过多的期待。因此他决定停下来好好休息一段时间。

他开始在欧洲旅行（主要是德国和意大利），同时不停地写了又扔，然后又重写，就好像他笔下的所有产物都无法使他完全满意。差不多1845年的时候，果戈理又决定一把火把这堆各种各样的草稿全部烧毁，一些颇有研究的学者都难以将它们恢复，我更是不可能了。但也不知怎么的，其中有五个章节在这场大火中幸存了下来（但也有人认为那场火其实根本就不存在，那五章内容只是来源于某本被忘掉的随记）。

反正这位俄国作家不满意自己的文字和他写在纸上的那些故事，这一点我们是可以确定、也有证据证明的。比如1849年的时候，在一位叫做亚利桑德拉·斯米尔诺娃的人家中，就公开试读过几章他修改过的那部小说的第二卷（另外，果戈理自己管这个作品叫"长诗"，而他的朋友普希金却把写成一行一行的《叶甫盖尼·奥涅金》叫做"小说"：俄国人真是有点奇怪）。

总之，在大量混乱的草稿和不间断的旅行中，果戈理身心俱疲，唯一可以确定的是《死魂灵》的

第二卷在某个时候消失了。

我们来到莫斯科，这是1852年2月11日与12日期间的一个夜晚（这个日期以俄历计算，所以应该比我们现在所用的公历要早十几天；另外所谓的"十月革命"也是发生在公历11月），也就是果戈理逝世的前10天，他当时寄宿在朋友托尔斯泰伯爵（不是那位著名作家）家里。有一位当时才刚满13岁叫西蒙的佣仆能够证明那晚发生的事情（不像弗兰克·布佛尼笔下虚构的那个关于拜伦的故事，这位佣仆是真实存在的）。

他提起这件事时悲痛欲绝（如果我们选择相信他的话）：果戈理从纸袋里拿出厚厚的一沓纸（据说看起来至少有500张），这沓纸被一根丝带捆了起来。他当着这个年轻人的面打开了火炉门（或是壁炉？），然后把整捆纸丢了进去。西蒙惊喊："先生！您这是做什么？快停下！"果戈理冷冷地回答："这不关你的事。拜托你就别管了！"但是那捆纸被丝带捆得太紧，一时没办法完全烧起来。所以果戈理把它从火炉（或是壁炉）里拿出来，解开带子，然后先用蜡烛把它们点着，再一点点地丢进去，这样就很容易着了。把这些全部烧掉以后，果戈理瘫在床上，开始大哭。

这个故事里的诸多信息我都是从萨列娜·韦塔烈那里得知，她是一名出色的俄国学者。关于1852年2月莫斯科某间屋里的那个夜晚，她是这么跟我说的："这是在十九二十世纪期间，俄国文学史上发生的第一起由于不满意或是畏惧审查而引发的焚书事件，但在那个年代里充满着无数类似的事件：陀思妥耶夫斯基（烧了最早版本的《白痴》）、帕斯捷尔纳克、布尔加科夫还有安娜·阿赫玛托娃。"

然后她给我引用了玛琳娜·茨维塔耶娃的一段话，显然玛琳娜给这场焚书事件赋予了更多的象征意义：

"诗人？一位沉睡者，如今他已醒来。这个长着鹰钩鼻面色苍白的男人，在辉煌如舍列梅捷夫宫的一个房间的壁炉里烧毁了自己的手稿。《死魂灵》的第二卷。……果戈理在壁炉前度过的那半个小时，比起托尔斯泰数年来的说教（在扬善除恶这方面）牺牲的更多。"

所谓"扬善除恶"，"恶"在这里指"艺术"：因为这个焚书的举动还与当时盛行的神秘主义宗教危机有关，果戈理被像是引起心悸的某种精神障碍压得喘不过气。果戈理当时在一位叫做马修·康斯坦丁诺夫斯基的神甫的带领下进行禁欲、斋戒的修行，除了对文学的要求过甚以外，想必这样的宗教狂热也是导致他对自我感到厌恶和愤怒的原因。而像康斯坦丁诺夫斯基这样的作为许多权贵和艺术家的"启迪者"遍布了当时的俄罗斯，这个风气一直持续到末代沙皇尼古拉二世才结束。

这样的话，整个事件的轮廓就比较清晰了：他之所以做出烧毁《死魂灵》第二卷的这个选择，不仅仅因为他对艺术作品有自己的宏大追求，认为那本书就应该成为俄罗斯文学史上的不朽之作；还因为他想通过此举做出指示，为俄罗斯民众建立一个辉煌的大教堂，以便重塑人们的道德观。

那我们就说到了这个点上：如果果戈理以他荒诞的现实主义风格能够很好地描述庸人的"地狱"，那么以同样的文字武器，他要怎么才能够创作出这片荒原土地上的"炼狱"和"天堂"呢？

而且，同时康斯坦丁诺夫斯基似乎也在不断地教唆他放弃艺术行业，放弃那个腐败而残缺的世界，因为那是一种高贵的疾病，只有充满信仰才能带来康健。也许最终果戈理接受了这个理论。

在这个分岔口上他扮演被东正教、沙皇主义和独裁专制三方所代表的亲斯拉夫圈子包围的角色。

这个狂热的反动分子群体把他带到政治的领域里，而这并不是果戈理的本质，也导致他写出了很多令其难堪的文章。

因此那次焚书事件应该还要追溯到他的神秘主义危机，以及对反西方主义一时的迷恋。

《死魂灵》第二卷的焚书事件还有很多其他不同的说法，比如有这么一个当地的传闻说，他当时其实是烧错稿子了，他把它们和另一个本来想烧毁的早期版本给搞混了（你看，当你堆了那么多不同的草稿就会发生这种悲剧）。不过这样的猜测肯定是不成立的，尽管他的身体状况很不稳定，但也不至于会犯下这种错误。这时的他已经接近生命的尽头了：在那个晚上的大火之后，他又继续活了10天，但已然是在一种濒死的状态下，不吃不喝，试遍了那些无用的医治手段（冷浴、水蛭疗法之类的）后感到绝望。

有人还认为其实那场大火并不存在，因为根本也没有所谓的手稿，这一切都是那个佣仆编造出来的故事。另外还有人以俄国人特有的阴谋论思维推测，手稿其实是被他的仇敌偷走了。那仇敌是谁？为什么要偷？难道是那些亲斯拉夫的反动分子担心这部作品里的内容与他们的宗教相互矛盾，会影响到果戈理的皈依？还是那些狡诈的民主主义者想毁掉这部作品，因其歌颂了当时俄罗斯的农业制度以及世俗化、西方化最大的敌人——东正教？

如果真是这样的话（这也不是我第一次看到用这样类似的理论推断那些遗失书籍的去处），也许那份手稿还没消失呢，说不定被藏在哪个地方，等着有一天能重见天日。

"我不这样觉得。"萨列娜·韦塔烈这样对我说。"但如果真有那么一天它又重现，"她笑着补充道，"即便我死了也要还魂回来好好地读上一遍。"

还有一个疑问：这部作品到底有没有完成？

也许果戈理从来就没有真正地完成过任何作品：他那近乎病态的完美主义还有无尽的修改，对他的创作的极不自信，都导致他最后又得重新修正。难怪那些公开试读的证据都只与前几个章节有关，显然他对前面的部分还是相当满意的；也难怪因此有人怀疑这部第二卷作品到底存不存在实物，到底是不是已经基本完成。

又或许在神秘主义危机和政治阴谋的背后还隐藏着真正的原因，那个最贴合果戈理内心天性的原因：他之所以焚书，是因为他无法找到一个合适的方式，把这个讨喜的骗子乞乞科夫引向救赎；他无法塑造一个正直的角色将其带到现实。他是如此熟练地刻画那些无法挽救的骗子、市侩的地主以及俄国这片辽阔土地上那些小小的恶人，但在弘扬善意的道路上却心有余而力不足。面对创作善意的这项任务时他愣住了，但能看出他内心是渴望的，因为他在《死魂灵》第二卷当中塑造了那位睿智有才能的地主柯斯坦若格洛，即便是乞乞科夫面对他时也只能哑口无言。

就连陀思妥耶夫斯基也无法以描述好人时的那种效率，同样地去描述他笔下那些形象饱满的罪人角色。这不也正说明了，即便社会主义写实主义风格所推崇的感化理念也无法解决果戈理面对的这个问题吗？

也许托尔斯泰说的没错，他在1857年8月28日的日记里这么写道："我读了《死魂灵》的第二卷，文笔拙劣"。显然他说的应该是我们如今还能读到的那前五章内容，至少我们还能感受果戈理在里面是如何尝试尽力去消解这一矛盾（依鄙人之见，我倒是不太同意托尔斯泰如此"犀利"的评价）。

果戈理自己也认为这几个章节不怎么样，虽然它们逃过了他完美主义的审查。

如果我可以试着概括一下果戈理当时的情况，那就是：他以自己的宗教模范去创作这部作品，遵循但丁对于堕落后应将得到救赎的创作标准。他对艺术的忠诚，也促使他销毁那些无法达到其品质要求的稿件。

所以我们应该颠覆茨维塔耶娃的理论：在《死魂灵》的那场焚烧当中，也许最后胜出的，就是艺术。熟知果戈理风格的人，或许也能在那些被烧毁的纸张中寻找到其出色才华的踪迹。

当然茨维塔耶娃还这么写道：

"可能《死魂灵》的第二卷说不上引人入胜。但可以肯定的是，它将给我们带来欢乐。"

尼古拉·瓦西里耶维奇·果戈理

Nikolai Vasilievich Gogol

俄国现实主义文学奠基人

1809—1852

在他的身上，人的感情本来就不深厚，现在一分钟一分钟地枯竭下去，于是，在这片废墟里每天都要消失掉一点东西。

——《死魂灵》

6

不列颠哥伦比亚，1944年

CHAPTER

棚屋里的艰苦人生

不列颠哥伦比亚，1944年

艺术家的身上似乎总有一个无法打破的魔咒，很多人觉得那种毫无规律、糜烂又精彩的生活可以培养出怎样优秀的才华。你看那些音乐家，尤其是搞爵士乐的，还有20世纪60年代至70年代搞摇滚的，他们大部分人都认为边缘化比小资生活更有趣，酒精与毒品能给他们带来更好的创造力。之后才恍然大悟发现事实恰恰相反，片刻的欢愉和才华的过度膨胀带来的是抑郁、迟钝和身体机能的瓦解。这种例子发生得还少吗？从毕克斯·拜德贝克到查利·帕克，从珍妮丝·贾普林到吉米·亨德里克斯。

这个事情在作家身上也有所体现。光是叙述自己坎坷的人生就已经超出他们的文学极限了，名利又达到了他们无法承受之重。

在这些刻板印象的背后，那样混乱荒诞的生活常常会给创作者的作品带来负面的后果。不仅仅是因为他们无法以规律的节奏进行工作，去实现自己的初衷；同时也因为在那样完全的混沌中，放弃或失去理智似乎是相对容易的选择。有自我毁灭倾向的人，往往在最后也会毁掉自己周遭的一切。

马尔科姆·劳瑞也属于这类遭受诅咒的艺术家。他是一个出了名的酒鬼，人们常常认为酒精与他的文学风格密不可分。然而我觉得，其实他并没有把对酒精的依赖看成是自己写作的工具。相反，这个嗜好的养成来源于他从青少年时期就遭受的存在主义的痛苦（从14岁开始嗜酒），写作则是他在日常中对抗这个无法控制的陋习的武器。当然，他的毁灭倾向（无论是毁灭自我还是毁灭自己的作品）无疑使他的人生雪上加霜。

马尔科姆·劳瑞在世时出版了两部小说：《深蓝大海》和《火山之下》，后者被普遍认为是他最好的作品，也无疑是一部杰出之作。也有其他文章发表于他逝世后，比如一些未完成的材料和其他作品的初稿。但有这么一部据传长达上千页的小说，名为《空船驶往白海》，似乎永远地消失了（我会在最后再解释为什么说"似乎")。

马尔科姆·劳瑞1909年出生在一个富裕的家庭里，父亲是一名棉花商。他的人生从一开始，似乎就注定了要在讨好家人（15岁就赢得全国青少年高尔夫球锦标赛冠军，在母亲的要求下前往剑桥大学读书，之后遂父亲的意愿进入家族企业工作）与自我独立的愿望之间摇摆不停，脱离家庭的欲望也导致了他最终决定登上一艘商船当一名普通的船员。在这段跑船经历中，他在奥斯陆认识了一位挪威诗人，诺达尔·格里戈。他是一个奇怪的斯大林主义者，也激发了劳瑞后来创作他的第一部小说《深蓝大海》。有人认为这部小说实际上剽窃自这位诗人的诗作，而后来劳瑞也在一封写给格里戈的信件中承认了这件事：

"《深蓝大海》里有很多内容其实是基于你创作之上的一种解述、抄袭，或者说是一种拙劣的模仿。"

在杯酒之间劳瑞还曾把他这第一部小说弄丢过。他把稿子放在一个手提箱里，扔在他编辑的敞篷车座位上。车停在一间酒吧门口，稿子就这样跟着箱子被偷走了。他有个朋友当时负责帮他在打字机上打印最终版本，也幸亏这位朋友十分了解他的习性，才在劳瑞家中的垃圾堆里捡到小说的复写稿交还给他。

劳瑞回到英国完成剑桥大学的学业之后又逃走了，这次待在了欧洲大陆：他在西班牙认识了女作家简·加布里奥，两人于1934年在巴黎成婚，之后又辗转墨西哥和美国生活（这样不停的搬迁也暗示着他内心无法控制的不安）。

马尔科姆和简两人十分相爱，但最后简还是离开了他。因为在她苦苦支撑的这几年，她在劳瑞的生活里似乎永远都要扮演一个介于老妈子和护工之间的角色，而简自己并不想成为上述两者当中的任何一种。他们的婚姻十分短暂，在1937年就结束了。然而劳瑞却无法从这段关系破裂的哀伤当中走出，如果你读了《火山之下》就能明确地感受到，简是他这一生中的真爱。

简逃向了另一名男子。1938年劳瑞孤身一人离开了墨西哥（准确地说是被驱逐出境）前往洛杉矶，住在一家旅店里，在酒精和文字当中痛不欲生。父亲发现他寄去的钱全被挥霍在酒上，只好开始替劳瑞交房费。也正是在洛杉矶，劳瑞遇见了他的第二任妻子玛格丽·邦纳。她从小在无声电影行业工作，是一名女演员，一直渴望成为一名作家。

她以简从未给予过的奉献精神照顾了马尔科姆的余生。

他们从洛杉矶移居到了温哥华（玛格丽前往温哥华把《火山之下》的打字稿带给劳瑞，因为他死性不改把稿子忘在了加利福尼亚），后来又迁至不列颠哥伦比亚的一个小村子多拉尔顿。从1940年到1954年，他们都住在一间没有电也没有自来水的棚屋里。

1944年棚屋起火，烧毁了劳瑞花费9年创作的《空船驶往白海》的唯一存稿。多年的心血就这样付诸一炬，他当时觉得自己再也无法从头来过了。

事实上，劳瑞想建造一个醉生梦死的《神曲》世界，名为《无尽之旅》（*The Voyage that Never Ends*）。

如果说《火山之下》代表地狱的话（还有什么能比波波卡特佩特冒着烟的火山口更像地狱呢？），那《空船驶往白海》里水的元素恰恰与火相反，象征着自由和净化，代表着天堂。剩下炼狱的部分应该是另一部小说，在劳瑞死后于1968年出版的非最终版本《腐蚀月》，后来又出版了另一个名为《旋流涌动》的版本。

《空船驶往白海》正如其名，对劳瑞来说这就是一部海上天堂，译名当中"空船"的意思是，当商船不载运任何货物时，舱底只装载必要的压舱物来保证船只平稳航行。白海是北冰洋侧边的一片海域，周围的陆地为俄罗斯领土，海滨矗立着阿尔汉格尔斯克这座城市。我们现在从很多书信以及其他渠道得知的信息中可以了解到，早在《深蓝大海》以及他和诺达尔·格里戈的接触时，劳瑞就深受存在主义神学吸引，而这应该也是这部小说的基础。

有人认为，劳瑞的创作本意是想融合剑桥知识分子的英国社会主义理念和这位挪威诗人的北欧神学观点：这两个看似水火不容的元素（其中涉及纳粹对雅利安神话的挪用，但这位英国作家对纳粹又避之唯恐不及）最终如人们所说的那样，以娴熟的写作技法巧妙高效地结合在一起。这是一部值得深思的精彩混搭，堪称劳瑞的最佳之作。

在渥太华大学出版社的网站上（之后再来说为什么是这个网站）你可以读到，这部小说讲述的是，一名梦想成为作家的学生得知自己的书甚至整个人生都已经被一位挪威的小说家以某种方式写完了（和他在《深蓝大海》里抄袭可怜的格里戈正好颠倒！）。

另外，如果这部小说长达上千页，像他历年以来的作品一样，这其中该蕴含着多少劳瑞极具代表性的、风格独到的、如同杂技一般的创作才华啊。

而他花了9年的时间都没有完成，也许是因为对于像他这样闪闪发光的作家来说，谱写一部属于自己的"天堂"着实不易（在上一篇故事中我们也看到果戈理同样深受此苦），这也许能够解释这部作品所耗费的时长、深思竭虑以及材料的积累。但这一切，却在1944年多拉尔顿的那场棚屋大火中化为乌有。

几年前我的两个作家朋友，也是劳瑞的热情粉丝，一起去了那里：桑德罗·维罗内西是由一家报社委派，而埃多阿尔多·内西则是出于纯粹的仰慕之情自费前往。也是他们给我讲了《空船驶往白海》的这个故事，游说我把它放在这本遗失书籍的回顾里。

桑德罗和我说起那次旅行，仿佛是被发派到了一个与世隔绝之地。在那里，劳瑞的遗迹只剩下一块小小的标志着那座棚屋原先所在的石碑。就在温哥华附近布勒湾的海边，正如我所说，他在这里生活了近15年，写作、克制酒瘾、在冰洋中游泳。这里有参天大树、沙滩和海水：除此之外再无他物。这是世界的最西端，离纳粹世界最遥远的地方。

"我们不知道有多期待，"桑德罗对我说，"但到了以后才发现这里真的一片荒芜，只有几间像波河上那样简陋的渔屋，外面耷拉着渔网，根本就算不上是能住人的房子。"然而留给他的便是无尽的时间，和玛格丽圣人般无微不至的照顾。这样的处境下想要搞到一点酒精显然比他在伦敦或纽约的时候困难多了。

那座棚屋是在1944年起火了，连着也有另外两座附近的棚屋遭到毁损，虽然不是被彻底烧毁。这一系列火灾的消息来源于劳瑞的自述，所以其中还存有一些不明确或者矛盾的地方。

另外还有很多事情不太合理，比如：如果说这份打字稿是在1944年被烧的，那他之前居然花了9年的时间来写它吗？也就是说他在创作"地狱"之前就先开始着手写了"天堂"？还有玛格丽这么了解他，也清楚他有多次稿件丢失的先例，怎么会没想到要把一份复写稿以某种方式保存起来呢？这么一想甚至也让人怀疑这份手稿究竟有没有存在过。

然而这份稿件确实还存有部分残页，犹如圣物一般收藏在不列颠哥伦比亚大学：这几页小小的纸片边缘有烧焦的痕迹，像是海盗们手里的寻宝图。

我在网上看到的其中一张残页上最后一行

写着：

"现在他有时间了，大把大把的时间……"

而劳瑞缺的也许就是时间和精力去重写这部上千页的小说。不难理解他也许是抗拒这件事的，因为身体每况愈下，而且随着《火山之下》的出版所带来的成功更是适得其反，促使他产生了再次远行，离开多拉尔顿的念头。但最后他成功地挖掘出自己最好的一面，扎根在这个一片荒芜的不列颠哥伦比亚，拿着父亲定期寄来的那一小笔特别资助，接受玛格丽给予的照料、鼓励和支持。

桑德罗·维罗内西几年前还跟我说过一个事，当时他在《新论调》杂志担任主编，他们发行过一期杂志刊登劳瑞的相关材料，主要是一些书信和其他证明材料。在这些证明当中，劳瑞当时的主治医生曾以科学家特有的冷静描述了一位病人，可以说是一位人格障碍的病人：劳瑞当时因为手抖无法写字，只能口述文章让别人代写。在这个过程中，他经常站着，然后强迫性地用指关节不停地在桌面上摩擦直至流血。每一次谱写（我突然想到这个通常用来描述音乐的词）对他来说都是身体和心理上的摧残。

但不论谁提到他的病况和痛苦，包括这位主治医生，都把这位可怜人看作是一位天才，毋庸置疑的天才。

快写完这本书的时候我当时在网上转悠，像往常一样为我这些迷失的卷册搜寻更深的足迹（我这么称呼仿佛它们就像一群孩子，而我就是他们的彼得·潘）。这时我偶然看到了整个写书历程中最让我震撼的消息：明年秋季渥太华大学出版社将发行一系列丛书，其中包括《空船驶往白海》。

我开始发疯似的搜索各个网站：终于有一本书即将失而复得了！后来我还发现这次出版的其中一位负责人正在世界各地给这部小说做报告会，其中有一场将特别在挪威举办，以致敬种种对于这部作品拥有北欧渊源的猜想。

所以我也在犹豫，这本书里的这个章节是不是得舍弃掉。我一时悲喜交加。

实际上，这次渥太华大学出版社发行的这版《空船驶往白海》是从劳瑞的第一任妻子简·加布里奥捐给美国一所大学的资料当中整理得出的初版。当时简和劳瑞动身迁往墨西哥前把他这份稿件留给了简的母亲，差不多是在1936年的时候。

所以那个版本并不是我们在这里谈到的这本书，埃多阿尔多·内西在邮件里这么回复我，我给他发了很多邮件才确认这个消息。

　　没错，那不是我们这里所说的这本书，就像在劳瑞1947年正式出版《火山之下》之前也还有另一个版本。我们这本是那个长达数千页未完成的巨作，是作者有意无意失去的作品。也让人怀疑他是怎么将其抛之脑后的，居然没想到要回去找找。但这是我在这次历程中遇到的第一个也是唯一一个失而复得的案例，谈到过如此多被烧毁的纸张也终于出现一个明确的证据来证明很有可能，不，应该说极有可能，那个长达数千页的后续版本在加拿大的那间棚屋当中存在过。

　　我也不禁感叹，世界上再没有人，即便是一个身心健全的人，有能力把同一本小说重写三次了吧。

马尔科姆·劳瑞

Malcolm Lowry

英国作家

1909—1957

我觉得自己像一个伟大的探险家；我见到了人间奇景，却无法回转，不能告诉世人我的所闻所见。

——《在火山下》

7

加泰罗尼亚，1940年

CHAPTER

沉重的黑色行李箱

加泰罗尼亚，1940年

瓦尔特·本雅明的一生结束于1940年9月26日，在西班牙和法国交界的一个叫做波尔特沃的小镇上，由他自己选择的这个地方。

是不是很奇怪，被誉为20世纪最重要的知识分子之一的这么一个人物，也见识过不少的大国家大城市，在思虑之后却选择了繁华之外的远郊小镇来接受命运最后的安排。

说他是20世纪最重要的知识分子之一绝不是夸张，或许我还应该再加上另一个词来定义他，那就是"欧洲"，因为只有他数年以来只从地理表达的意义之上去考虑"欧洲"这个概念。他因为各种事件和身为犹太人惨遭迫害而不得不辗转于各个国家，但他也乐意怀着兴趣与好奇进行探索。

本雅明1892年出生于德国夏洛滕堡，在《纽伦堡法案》颁布之后被迫搬迁至法国。巴黎成为他第二个故乡，也就在这里本雅明点燃了他的学术热情，甚至他还有一部未完成的重要作品《旅客》完全致敬于19世纪的巴黎。

我认为本雅明是一个非常独特的人物，因为我很难再找到谁能像他一样拥有百科全书般渊博的学识，还能如同卡尔特会修士那般耐心地积累材料吸收观点。他像一位后继者一样讲究（"后继者"是因为他更像一个时代的总结者而不是开启者），同时又拥有革新的才能，以不同的眼光去解读世界，在人们尚未留意时就抓住时代转变初期的元素。革新者往往不拘小节，注重打破甚至摧毁传统，不假思索地发明新语汇。

但本雅明不是，他是一位讲究的革新者。

例如，他也是第一位理解到，任何艺术作品的复制以及在作品收藏处以外的地方欣赏艺术品，将会破坏作品本身的"光晕"，丧失其"膜拜价值""本真性"和"神秘性"，而这正是代表着作品创作者超脱世界的标志。

那么作为一个"城里人"，还是一名讲究的有才华的知识分子，他在这个边境处的小镇上做什么？如果要深入探讨我们这本书的主题，那究竟是瓦尔特·本雅明的哪一本书消失了呢？我们跟着他沿着比利牛斯山脉下至加泰罗尼亚，就可以发现他随身携带的一个沉重的黑色行李箱里装着一份打字稿。

像我之前说的，瓦尔特·本雅明从1933年起就一直和妹妹朵拉生活在巴黎。在他去世的几个月前也就是1940年的5月，德法间的战事在前线僵持不下，德国军队决定侵入比利时与荷兰这两个中立国家，再往下深入法国领土。由于法国并未料到来自那个方向的攻势，因此德国几乎没有阻碍地就成功入侵了法国。德军于1940年6月14日攻至巴黎，而在这前一天，也仅仅是在前一天，本雅明才不舍地离开了这座他深爱着、却渐渐布满天罗地网的城市。

在离开巴黎之前，他留给像他一样充满兴趣和探索心的学者乔治·巴代伊一些照片（我们也可以把它们称作"原始照相复印件"，最初尝试使用相片复制资料的成果），拍的是他那部关于巴黎未完成的杰作——《旅客》。这件事情非常重要，因为除了我之前提到过的那个行李箱里存放着原件之外，还可以确定别人的手上也有着一份复本，那这就很难解释为什么本雅明总是反常地和他的黑色行李箱形影不离。

当他逃出巴黎时，本雅明脑子里只有一个念头：先去马赛，在那里取得两个美国朋友狄奥多·阿多诺和麦克斯·霍克海默给他弄到的美国移民许可，再前往葡萄牙远赴美国。

尽管那个时代，年纪大了所面临的问题比现在要沉重得多，但那时的瓦尔特·本雅明也不老，才48岁。可他病痛缠身——朋友们总是戏称他为"老头本雅"，他有气喘的毛病，还发生过梗死，他一直都无法进行任何体育运动，习惯在书籍和学术交流中度过他的时间。每一次移动和身体活动对他来说都是一次创伤，虽然他多舛的命运也迫使他不得不搬过整整28次家。而且他无法料理那些日常生活中繁杂的琐事。

汉娜·阿伦特曾经引用过雅克·里维尔说马塞尔·普鲁斯特的话来描述本雅明：

"他死于自己的不谙世事，虽然这使他得以开启作家生涯；他死于缺乏生活经验，甚至连火都不会点，连窗也不会开。"

之后汉娜加上了自己的注解：

"身无一技之长，不可避免地将他引向厄运。"

现在这个毫无日常生活经验的男人将在这场战争中流离失所，在这个支离破碎的国家中游荡，在这个纠结混乱的局面中逃窜。

无论如何，在无数次被迫长时间逗留和几段艰苦的行程之后，本雅明终于在8月底奇迹般地到达了马赛。那时的马赛充满绝望的难民，大家都想从这个十字路口逃离穷追不舍的命运。可要想从这座城市里逃生，你必须得持有各种各样的文件：首先要有停留在法国的居留证；其次，要想离开法国前往西班牙和葡萄牙，你要持有签证；最后还要有准许进入美国的许可。面对这一切，本雅明十分沮丧。

回到汉娜·阿伦特之前所说的"厄运"，本雅明认为自己始终被厄运缠身，仿佛那个在德国童谣里的佝偻着身子的侏儒扫把星形象一直跟在自己身后。而他的人生中的那些不如意也确实时有发生：在德国时竞聘大学教授失败，因为人们当时看不懂他呈交的论文《德国悲剧的起源》；为了躲避轰炸他逃到巴黎郊区的一个村子里，结果那里正是首要的袭击目标，因为此处为重要的铁道枢纽（显然他根本不知道这件事）。

在马赛他终于搞定了一些事。他把《历史哲学论纲》的打字稿交给汉娜·阿伦特，请她带给霍克海默和阿多诺（所以这个作品应该也不在那个黑箱子里），然后取回美国签证。可他漏了一个很重要的文件：法国的出境允许。他没办法向行政公署进行申请，因为那样意味着他将暴露自己无国籍的身份，然后会被立即交给盖世太保。

他只剩下一个选择：从李斯特山道偷渡前往西班牙。这个山道以一位西班牙共和政府军队的司令官命名，他曾在西班牙内战末期利用这条山道救了部分军队。

这是他在马赛遇到的老朋友汉斯·菲特可向他提出的建议，菲特可的老婆丽莎当时住在波尔旺德尔，她利用这里与西班牙接壤的便利帮过不少像他一样的偷渡客。就这样，本雅明启程了，与他同行的还有一位女摄影师亨妮·古尔兰德和她16岁的儿子约瑟夫：一个毫无准备且不合理的团队。

他们在9月24日到达波尔旺德尔。当天在丽莎·菲特可的带领下，他们试着走了一段逃生的山路，但就在返回的时候，本雅明决定不跟他们回去了。他想在原地等着他们第二天早上过来，再一起继续接下来的路程，因为他实在太累了，这样可以少些辛苦。他筋疲力尽，气馁地一个人留在那里，很难想象他是怎么度过那个夜晚的，他是焦虑症发作了呢，还是享受着那份宁静，享受着地中海9月的星空，远离德国的寒秋？

第二天清晨黎明刚过，他的旅伴赶上来了。上山的小道越来越陡，有时甚至在峡谷峭壁间都看不清路。本雅明感觉疲意正在袭来，便制订了一套计划来坚持下去：每走10分钟休息一次，跟着他的怀表准时准点地前行。就这样，前行10分钟歇1分钟，渐渐地，山路陡到需要攀爬的地步。女人和孩子不得不帮他一把，因为他一个人拎不动那个沉重的黑箱子。他拒绝将它抛弃，坚称这比到达美国还重要，箱子里的手稿甚至高于自己的性命。

在巨大疲惫的压力下，众人几乎快要放弃。但他们终于走到了一个山脊上，在下面，海面水光潋滟，不远的那头便可以看见波尔特沃小镇：他们成功了！

丽莎·菲特可和本雅明一行人道别后便沿途返回。他们三人继续往镇上走去，到达警察局。当然，在他们之前已经有不少人也这样做过，西班牙的宪兵队理应会发放许可让他们继续通行。可相关规定刚好在前一天改掉了：非法入境的人员将被遣返回法国，这对本雅明来说意味着要被送到德国人手上。得到的唯一让步是：由于天色已晚，他们也已经精疲力竭，因此允许他们在波尔特沃小镇留宿一夜，遣返延至第二天执行。他们被安顿在法兰西旅店，本雅明住在三号房。

但瓦尔特·本雅明没能等到第二天：他吞了31片吗啡自尽，这些药本来是为了他的心脏问题而准备的。

那个晚上，他也许觉得那只一直纠缠的侏儒倒霉鬼终于要来找他索命了。如果他们能早到那么一天，根本不会有人阻止他们继续前往葡萄牙；又如果他们再晚一天启程，或许就能及时了解到相关规定已经改变，那样他们便还有机会研究可行方案，也不会径直地把自己交到西班牙警方手上。把他们带入这般恶劣境地的就只是那一点点时间差，可惜他们正好就撞上了。厄运最终胜出，瓦尔特·本雅明只能屈服。

在这之后经过了很多年，人们对他都一无所知，似乎他当时尝试逃生的任何踪迹就这么凭空消失了。很多20世纪70年代（此时他作品的价值才终于受到认可）研究他作品的学者，在听说丽莎·菲特可帮助其偷渡至西班牙的回忆后也都纷纷前往波尔特沃，但什么都没找到。没有黑箱子，也没有坟墓，瓦尔特·本雅明似乎人间蒸发了。

直到如今，关于他的消息真假难辨，网上也有人渐渐相信了这个版本的故事，但对于那个行李箱和里面的内容人们还是一无所知。

幸运的是，除了网络我还有不少朋友。比如布鲁诺·阿尔派亚几年前写了一部关于瓦尔特·本雅明的小说叫《历史中的天使》，是他告诉了我事情真正的经过。之前确实多年寻不到本雅明在波尔特沃待过的踪迹，但后来这其中的奥秘被揭开了：其实当时西班牙人误把"本雅明"当作他的名，因为西班牙语中确实存在类似但发音不同的名字，而"瓦尔特"被当成了姓。他们这样记录进政府档案后，便把与他有关的所有档案存放在菲格雷斯法院的首字母为"W"目录下。

所以后来大家发现本雅明先是被埋在天主教公墓里，后来迁至普通公墓。他的所有财物除了部分被保存下来之外，也被十分详细地记录下来：皮箱（未标明颜色）、金表、烟斗、美国驻马赛当局发放的护照、六张证件照、X光照片、一副眼镜、数本杂志、几封书信、若干纸张，还有一些钱。完全没有提到打字稿或者手稿，但是"若干纸张"是指什么？

到底本雅明随身带着什么珍贵的物件，比他留给乔治·巴代伊的《旅客》和托付给汉娜·阿伦特的《历史哲学论纲》还要重要？

对于这个疑问，布鲁诺·阿尔派亚在他的小说里也没有解答。在书里，他虚构出本雅明把稿件交给了一位西班牙的游击队青年，请他带到安全的地方。但青年晚上因为山上湿冷，出于绝望，点燃了这些纸张救命。

如同我所观察的那样，火又再次成为多数书籍消失的原因，因为大家都清楚，纸张在火的面前实在太易燃太脆弱。但是回到我们的现实事件当中，那只是法国和西班牙交界的一个小镇，在那间三号房当中，我不认为那样简陋的旅店会提供火炉生火。

也有人怀疑那个黑色的手提箱里到底有没有装着手稿。可本雅明又有什么理由向他的旅伴撒谎呢，总不会只是为了几件衣物去劳烦他们拖着这个沉重的箱子吧？我确信箱子里一定有些什么。有可能是为了继续完成《旅客》的笔记，也可能是波德莱尔文学评论集的校对版，又或者是一部我们毫不知情、也不了解它究竟是否存在过的全新作品。

可惜，布鲁诺·阿尔派亚没有答案。但在我们交谈的最后，他送了我另一个故事，不只有本雅明在波尔特沃丢了东西。

就在本雅明到达这里的一年多以前，西班牙大诗人安东尼奥·马查多当时随着一众西班牙共和政府撤军也来到过波尔特沃，他年纪已经很大了。人数高达半百万的军队要在意大利和德国的空军轰炸之下，沿着后来本雅明他们这群难民的相反方向逃往法国。马查多也拿着一个行李箱，里面装着许多他的诗作。可后来他也不得不把箱子遗弃在波尔特沃，出境逃向法国。几天后他逝世于法国科利乌尔。

这位反对佛朗哥独裁的诗人，他写的那些"道德败坏"的诗作在哪儿？本雅明谨慎收藏的那些稿件又去了哪里？难道全部都被摧毁、遗失了吗？

说不定在波尔特沃某户人家的阁楼上，那些被遗忘的泛黄纸张就藏在某个柜子或者老旧的大箱子里。战败老年诗人的诗作，和早衰的欧洲知识分子的笔记放在一起，连柜子或箱子的主人都浑然不觉。

太希望迟早有一天，有人不论是出于偶然、学识还是热忱，能再次将它们找出，让我们也能一睹究竟。

瓦尔特·本雅明

Walter Benjamin

德国作家、哲学家

1892—1940

了解一个人的最好办法，莫过于不抱任何希望地去爱他。

——《单行道》

8

伦敦，1963年
CHAPTER

你就当作是我的天命所在吧

伦敦，1963年

1963年2月11日，在她位于伦敦菲茨罗伊街23号的公寓里（这里曾是威廉·巴特勒·叶芝的故居，她认为这是命运的征兆），西尔维娅·普拉斯醒得特别早。当她身体不适时总会出现睡眠问题，但她也学会从中受益：在孩子们醒来以前，她总是在黎明时分写诗。几天前她写的最后一首诗叫《边缘》（*Edge*），现在她已经下定决心要越过它。给两个孩子弗里达和尼古拉斯分别做好早餐以后（女孩快三岁了，男孩还没满一岁），她走进他们的房间，把两杯牛奶、面包片和黄油放在床头。尽管外头很冷，她还是把窗子打开，然后走出房门，用胶带把房间封起，再往门缝里堵上一条卷起的毛巾。回到厨房，反锁，像封住孩子的房间一样从里边把厨房封起。她把烤炉门打开，在上面放上一块布好垫着她的头，然后拧开了煤气的旋钮。

西尔维娅·普拉斯就这样自尽了，这是她十年前第一次自杀失败后做的第二次尝试，这次她成功了。

再过不久她就将年满三十岁。她的丈夫是泰德·休斯，但因为男方的情变他们已经分居了好几个月。她并不出名，虽然在不同杂志上发表过很多内容，出版过一本诗集《巨像》，还用笔名出版过一部小说《钟形罩》，但反响平平。

她留下许多未出版物：除了私人的书信日记、一部完成的诗集《爱丽尔》，还有更多的诗作以及第二部上百页的小说，当时暂名为《双重曝光》。

尽管两人已经分居，但泰德·休斯仍然是她的合法丈夫，因此普拉斯留下来的所有未出版的文学遗产都交由丈夫处置。

能跟着我把书读到此处的人应该能察觉到我对八卦十分感兴趣，伊恩·麦克尤恩也曾表态"文学，不过是包装精美的八卦罢了"，但这次我想尽量不那样表现。多年来人们都指责休斯是造成西尔维娅·普拉斯死亡的罪魁祸首，仿佛她的自杀是他的背叛所造成的不可避免的后果；有许多人还引证休斯当初的那位外遇对象后来也是自杀身亡。数十年过去后，休斯才在临死前公布了他这些年为亡妻写的生日信札，这时公众终于明白事情其实一如既往地复杂许多。也许他散发出某种魅力，总是吸引着那些不安、棘手、阴暗的女性，她们本身就是那样，这不是他的责任。

但这位男人——在西尔维娅·普拉斯的人生当中如此重要——所做的决策，无论好坏，还是为了她死后的成就，都同样举足轻重。他最终建立了一个间隔，分离我们对西尔维娅·普拉斯所能读到的，和永远将读不到的内容，或者说是至今仍未读到的内容。

这就是我决定讲的最后一则故事。

I have done it again.

One year in every ten

I manage it...

（ ... ）

I am only thirty.

And like the cat I have nine times to die.

This is Number Three.

L'ho fatto di nuovo.

Un anno ogni dieci

ci riesco...

（...）

Ho solo trent'anni.

E come un gatto devo morire nove volte.

Questa è la Numero Tre.[①]

我又做了一次。

每十年一次，

我都设法完成……

……

我仅三十。

我像猫一样有九条命，

这是第三条。[②]

　　这是西尔维娅最后写的其中一首诗《拉撒路夫
人》。可惜她没有猫的幸运，她第三次自杀的尝试
也成了最后一次（事实上"第一次尝试"并不是自

---

① 　作者译。

② 　译者译。

杀，而是她十岁的时候发生的一起意外）。

常常有些人在自杀之后引起了人们对他人生的讨论，但这样的选择其实很冒险，而且人们往往会在真实的面孔上——他是如何生活、如何思考、如何写作——盖上一副面具，遮住他原本丰富的人生和艺术体验，把他变成一个偶像，一个二维的平面素描。

西尔维娅·普拉斯在生前一直追求死亡，这是一个不争的事实。这样的追求诞生自内心的脆弱，这点在她的日记中有很明显的体现；但她的求死之心同样来自一种挑战，一种力量，一种敢于斗争的决心，显得十分暴力，这一点在她的诗作中都强硬地刻画了出来。

《钟形罩》书中对女主痛苦际遇的描述，无论是她抑郁尝试自尽，还是接受电击"治疗"，我们都可以从中找到作者的影子。在这部作品中你可以体会到她的人生与诗作的中心，就是无解地纠结于痛苦和过错之间。仿佛痛苦是人承担责任的结果，同时也是进行诚实创作、成为诗人的工具。她行走在薄如刀锋的山脊，在上面度过了她整个人生。

Dying

Is an art, like everything else.

I do it exceptionally well.

I do it so it feels like hell.

I do it so it feels real.

I guess you could say I've a call.

Morire

È un'arte come un'altra.

Io lo faccio davvero bene.

Lo faccio che sembra vero.

Potreste dire che ho una vocazione.[①]

死亡，

如同其他，是一门艺术。

我驾轻就熟。

我感受地狱。

我体会真实。

你就当作是我的天命所在吧。[②]

---

① 作者译。

② 译者译。

这还是《拉撒路夫人》当中的内容。但她的天命所在应该是写作，如果想弄清楚她死后究竟发生了什么的话，这是值得我们注意的一点。

但我们先要回到她和泰德·休斯的关系上。他们之间有着强烈的情感关系，这不仅仅关乎爱情，也有文学方面的友谊。西尔维娅激励着丈夫最终成为一名诗人，引导他把这作为人生的方向，并且与他一起寻找能给她带来力量的精神支柱，去面对她在创作方面同时也是其文学思想中心的痛苦。"我在战斗，"她在写给母亲的信件中提到，"以寻求力量来赢得文学成就所带来的不幸与欢乐"，仿佛这两者密不可分，后者也只能在前者中诞生。这个痛苦西尔维娅已经隐忍多年，从父亲在她仅有十岁时去世留下她孤身一人开始（父亲的死也是因为他自己误认为得了癌症，其实是本来能够控制住的糖尿病）；这个痛苦也来自于与母亲冲突不断的艰难关系，来自于渴求被爱的绝望。

而休斯对她来说又是一种怎样的存在，读一下这封她于1956年4月写给母亲的信你就能明白（这封信在娜迪亚·福西尼给《生日信札》写的优美简介中也被引用到，正如我之前提到，《生日信札》是休斯献给西尔维娅的作品）：

"我要告诉你一个神奇的、惊人的、震撼的消息，希望你思考后也和我分享一下你的想法。就是这个男人，这位诗人，这个泰德·休斯，我从没遇见过像他这样的人。我人生当中第一次觉得自己可以运用到我所有的学识，可以放声大笑，可以竭尽我的写作才华，我什么都能写。最后的最后，你一定要见见他，听他说话！……他非常健壮，像个巨人。"

要回应这样的期待、这样的角色、这么浓烈的爱意，休斯一定觉得心情复杂。一想到要面对如此高强度的生活方式，无论是出于个人还是艺术方面都很可能想要退却，可是如此强烈的情感早就体现在他们初次见面时表达的粗暴：休斯扯下她的头巾，亲吻她的脖子，西尔维娅则在他的脸上咬了一口作为回应。这并不是一则都市传说，它写在休斯的其中一篇诗作中，名为《圣巴托尔夫评论》：

(…) I remember

little from the rest of that evening.

I slid away with my girl-friend. Nothing

Except her hissing rage in a doorway

and my stupefied interrogation

of your blue headscarf from my pocket

and the swelling ring-moat of tooth-marks

that was to brand my face for the next month.

The me beneath it for good.

Ricordo

Poco del resto di quella serata.

Scivolai via con la mia ragazza. Nulla.

a parte la sua furia sibilante in un portone

e il mio interrogativo stupefatto

alla tua fascia per capelli azzurra che mi uscì di

tasca

e il fossato circolare del morso che si stava

gonfiando

e che mi avrebbe marchiato la faccia per un mese.

E il me che c'era sotto per sempre.[1]

（……）我依稀记得

那个夜里其他的一切。

---

① 安娜·拉瓦诺译。

我与女友悄悄溜走。空白，
只剩她在门道里嘶嘶的怒气
我愣着疑惑
从口袋里掏出你蓝色的头巾
还有肿胀成护城河般的牙印
它将烙在我的脸上直至下月。
在那之下的我此刻永存。[①]

　　然而"这个男人，这个泰德·休斯"面对这段
令他喘不过气的关系，终于逃了。而后又不得不来
处理西尔维娅留下的那些作品，重新容纳这其中曾
让他落荒而逃的那股粗暴力量。

　　西尔维娅留下了一些日记，尤其是在去世前
几个月的日记里她描述了当时的状况，那些感受、
怨恨，还有他们破碎的爱情（但从未终止，后来在
休斯数十年后发表的诗作中我们也能感受到）。她
还留下许多诗，其中有对早逝父亲激烈的控诉。她
把对父亲的印象转化为男性暴力的标志，甚至直接
代表着纳粹（父亲是德裔），介于家长与丈夫的形
象模糊不清。还有相当一部分的小说，像《钟形

---

① 　译者译。

124

罩》一样描述西尔维娅的人生，但不是她十年前的人生，而是讲述休斯出轨了他们一位共同好友埃西亚·韦维尔的那段生活（西尔维娅自己在一封信里这么写道：这是一个关于妻子的"半自传体"的故事，丈夫最后显露出他背叛者的风流本性）。

这么多的作品，休斯是怎么处理的呢？

他做了一些筛选，这些筛选至关重要，决定着西尔维娅·普拉斯作品未来的命运。

他首先选择把她近几个月的日记销毁。因为，他后来解释道，不想让子女们读到，他认为这里面包含太多痛苦（但这也未能阻止小儿子尼古拉斯最终自杀）。像这种痛苦并深刻地牵扯到作者或是其他相关人员的作品，最终面临被销毁而不是出版的选择，我在前面的故事里已经发表过我对此举的看法。这或许不是一个正确的选择，但终究，这是继承人的权力。西尔维娅早年的日记后来也逐渐被发表，正如她的许多诗作一样。

后来休斯负责《爱丽尔》的出版，这部作品标志着西尔维娅·普拉斯的成功以及她作为女诗人的伟大，他依照西尔维娅的指示修改了诗作的部分。随后的几年中，休斯继续发表她其他的诗作和零散的叙事文，主要发布在杂志上，但都是从未出版过的新作。

那部已经开始着笔但中断了的小说《双重曝光》呢，它的结局是什么？

说到这里我们来回想一下休斯对此事的说法。这130页纸，他在《约翰尼·派尼克与梦经》（普拉斯的短篇小说、散文集）当中的引言写道，"在70年代的时候被遗失在某处了"。仔细读起来，这真是一个奇怪的声明。"被遗失"是什么意思？他对西尔维娅的文字如此珍惜、仔细地保存和筛选，怎么可能会让130页的一部小说就这样凭空消失，连自己都没察觉到？

是不是可以怀疑这是他销毁之后为了保护自己不被指责而发明的说辞？可销毁日记时休斯毫不迟疑地就承认了，并担下所有责任。关于此事休斯似乎在不同版本的说辞间摇摆不定，因为早前他还曾将遗失小说的责任推到西尔维娅的母亲身上（那时母亲已经去世，所以不可能回应），他当时说那是一本约六七十页的打字稿（后来又翻倍了）。

很明显休斯在撒谎，但在他支支吾吾前后矛盾的说法面前，想要了解事情发展的真相也是不可能了。

"看待诗人时，应该让话语替他们自行表达。"女诗人玛丽亚·格拉齐亚·卡兰德洛内对我说道，当时我找她交谈，想理清自己的想法。人们在西尔维娅·普拉斯的身世上太过于添油加醋，她的人生和死亡似乎造就出了另一个人物。人们强行在她的文字上添加无数的臆测，这些人甚至都没有读过她的作品，谈起来却头头是道，仿佛与她十分熟络。

为此玛丽亚·格拉齐亚给我念了一部分弗里达·休斯写于1997年的诗：

While their mothers lay in quiet graves

Squared out by those green cut pebbles

And flowers in a jam jar, they dug mine up.

Right down to the shells I scattered on her coffin.

They turned her over like meat on coals

To find the secrets of her withered thighs

And shrunken breasts.

They scooped out her eyes to see how she saw,

And bit away her tongue in tiny mouthfuls

To speak with her voice.

But each one tasted separate flesh,

Ate a different organ,

Touched other skin.

Insisted on being the one

Who knew best,

Who had the right recipe.

When she came out of the oven

They had gutted, peeled

And garnished her.

They called her theirs.

All this time I had thought

She belonged to me most.

Mentre le loro madri giacevano in tombe tranquille,

Imbellite da quell'ordinata, regolare ghiaia smeraldo

Mazzi di fiori nel vaso della marmellata, hanno

riesumato la mia.

Persino le conchiglie che avevo lasciato sulla sua bara.

L'hanno rigirata come un pezzo di carne sul carbone

Per scrutare i segreti delle sue cosce consumate,

Dei suoi seni rinsecchiti.

Le hanno tirato fuori le orbite degli occhi per scoprire

cosa vedesse,

Morsicato la sua lingua in piccoli morsi

Per parlare con la sua voce.

Ma ognuno di loro assaggiava carne diversa,

Mangiava organi distinti,

Toccava altra pelle.

Insistevano nell'essere quello

Che la conosceva meglio,

Quella che aveva la ricetta giusta.

Quando uscì dal forno

L'avevano ripulita dalle interiora, pelata,

Guarnita per bene.

L'hanno reclamata come loro.

E io che per tutto questo tempo pensavo

Che più di ogni altra cosa lei fosse mia.[1]

他们的母亲静卧于坟地
用碧绿规则的鹅卵石方正地将其框起
瓶罐里还插满着鲜花，他们却挖开了我母亲的墓。
直到碰到我撒落在她棺材周围的贝壳。

他们翻搅她仿佛煤炭上的烤肉
在她枯萎的大腿和干瘪的胸部上
探听秘密。

---

① 达妮埃拉·莱蒙蒂译。

剜走她的双眼以探视角
撕咬她的舌头七零八碎
拾人牙慧。

但人人都尝遍血肉，
吞食脏器，
玷污肌肤。

坚称自己便是那位
内行大家，
手持精确的食谱。

当她从炉灶里出来时
他们去脏剥皮，
配料点缀。

他们喧宾夺主。
这些时日以来我只觉得
她最属于我。①

———————————

① 译者译。

也许我也成了这群食人魔中的一员，尽管我已经小心翼翼地在依照她的步伐行进。但现在我又有了另外的疑问：如果那部小说再次出现的话，休斯会不会被迫将它出版呢？这会是一个正确的选择吗？因为普拉斯在创作诗句和文章时也是力求完美，不停地修改和强迫自己表达精准无误。那部小说的出版难道不会成为一个新的八卦议题，人们又会将小说里的内容和她的真实生活进行比对吗？这样岂不是又阻碍了西尔维娅的自我表达，将她置于读者病态的关注下，难以跳脱出大家给她建立的形象，只能成为那个死在厨房里的诗人？

　　玛丽亚·格拉齐亚对我笑了，那部小说里也写满了她的文字，她对我说，诗人自己想表达的文字。然后她给了我希望。休斯已经把那些疑团重重的纸张捐予佐治亚大学，这其中有一部分在西尔维娅过世未满60年，也就是2022年以前不允许参阅。不排除在这些材料里，躺着那份遗失的小说《双重曝光》。

　　我也笑了，做好了等待的准备。

西尔维娅·普拉斯

Sylvia Plath

美国女诗人、小说家

1932—1963

同样的情形一遍又一遍地发生：远远地，我发现一个毫无瑕疵的男人，可是一旦他靠得近些，我立刻就发现他根本不合我的理想。 这就是我永远不想结婚的理由之一。我最腻味的就是永恒的安全感，或者当个射箭的出发点。我想要变化，想要兴奋，想我自己往四面八方射出箭去，就像七月四日独立日的火箭射出的五彩缤纷的礼花。

——《钟形罩》

参考图书

序章

关于那几本青少年探险读物我记得名字的只有
弗朗西斯·霍奇森·伯内特的《秘密花园》，此书
在市面上有许多版本（其中Giunti出版社的那个版
本是由我翻译的）；还有阿尔多·弗兰克·佩西娜
的《神秘缆绳》，发布于1937年由Salani出版社出
版的系列丛书《我孩子们的图书馆》，后来Salani
出版社又再版了一次。

那段马塞尔·普鲁斯特的话引自《在少女们身
边》，由Mondadori出版，弗兰克·卡拉曼德雷和
妮克蕾塔·内莉翻译。这是我读过的第一个版本，
也一直对此深有情怀。

那本安妮·迈克尔的书，书名为《逃亡》，
由Giunti出版社出版，在意大利首次出版是在
1998年。

罗曼诺·毕兰奇，《大道》

他的所有作品都由Rizzoli以平装版出版：《安娜和布鲁诺》《圣特蕾莎音乐学院》《艰难时代》（《天旱》《贫苦》《严寒》）《斯大林格勒的袖扣》和《挚友们》。

《比斯托的一生》发表于《毕兰奇全集》的附录中，同样由Rizzoli出版，出版人贝内德塔·钱多瓦利。

乔治·拜伦，《回忆录》

他的作品译作不多，也不好找。在蒙达多利奥斯卡系列丛书当中你可以找到《曼弗雷德》（弗兰克·布佛尼译）和一册《精选集》。Rizzoli出版过平装版的第一篇《唐璜》，另外还有一家叫作Kessinger的小出版社翻译了《恰尔德·哈洛尔德游记》。

弗兰克·布佛尼的《拜伦的仆人》由Fazi出版社在2012年出版。

欧内斯特·海明威，早期手稿

两篇幸存下来的小说（《我的老头儿》和

《北上密歇根》）收录于《49则短篇小说》，由Mondadori出版社出版。像他其他的作品《流动的盛宴》和《太阳照样升起》都很好找到。可惜他的《书信集》，多年前曾由Mondadori出版，如今已经绝版。

布鲁诺·舒尔茨，《弥赛亚》

他的小说（《肉桂色铺子》《沙漏做招牌的疗养院》《彗星》）都由Einaudi出版社整理至同一册精选集中，以《肉桂色铺子》命名。

大卫·格罗斯曼的小说《证之于：爱》，首次由Mondadori于1988年出版。乌戈·里卡雷利的《一位也许叫作舒尔茨的男人》由Piemme出版社于1998年出版。两本书都收录于蒙达多利奥斯卡系列丛书。

辛西娅·奥齐克的《斯德哥尔摩的弥赛亚》于1991年由Garzanti出版之后，后来又由Feltrinelli出版社重新编辑再版，但如今已经绝版。

西姆哈·古特曼《重新寻回的书》由Einaudi出版社于1994年出版。

弗兰切斯科·卡塔路奇奥的《我要去看看如果那里更美好》由Sellerio出版社于2010年出版。

尼古拉·果戈理，《死魂灵》第二卷

他的作品现存有无数个版本，其中Meridiani出版社出版了两册。文中直接或间接引用到的陀思妥耶夫斯基和普希金的作品市面上也有许多。

对于玛琳娜·茨维塔耶娃的引用摘自《诗人与时代》，Adelphi出版社1984年出版，出版人萨列娜·韦塔烈。

马尔科姆·劳瑞，《空船驶往白海》

市面上现存他的意大利语版作品只有《火山之下》，由Feltrinelli出版；《圣诗与赞歌》由玛格丽·劳瑞负责整理，Feltrinelli出版，作品里包含了劳瑞的短篇小说、文学评论和相关回忆，此外还有《腐蚀月》。

《深蓝大海》如同他其他的很多作品一样已经绝版多年。

《空船驶往白海》事实上由渥太华大学出版社发表，在网上可以购买到电子版，至今还没有意大利语译本。

瓦尔特·本雅明，那本放在黑行李箱的书

他的几乎所有作品，从《德国悲剧的起源》到《巴黎的旅客》，从《历史哲学论纲》到《机械复制时代的艺术作品》都由Einaudi出版。查尔斯·波德莱尔的文学评论由Neri Pozza出版。

汉娜·阿伦特描述本雅明的文章在意大利由SE出版社发行，文章以他本名命名。

对安东尼奥·马查多感兴趣的人，Meridiani出版过一本他的书，包含了他所有的诗作以及散文选。

布鲁诺·阿尔派亚的《历史中的天使》由Guanda出版社于2001年出版。

西尔维娅·普拉斯，《双重曝光》

Mondadori出版社将《钟形罩》和一册包含了她所有诗作的书收录于奥斯卡系列丛书当中，一部分作品也由Meridiano出版社负责出版，Adelphi出版社发表了她的日记选集。

泰德·休斯的《生日信札》由Mondadori出版社于1999年出版，如今已绝版。Meridiano出版社后

来专门为他出版了一部作品，其中也包含了《生日信札》里的诗作。

弗里达·休斯的诗集《乌鲁鲁》由Bloodaxe Books在英国出版，未在意大利出版。

人名目录

安娜·阿赫玛托娃

贝内德塔·钱多瓦利

狄奥多·阿多诺

马克·夏加尔

汉娜·阿伦特

布鲁诺·阿尔派亚

乔治·巴代伊

查尔斯·波德莱尔

毕克斯·拜德贝克

朵拉·本雅明

瓦尔特·本雅明

罗曼诺·毕兰奇

玛格丽·邦纳

弗兰克·布佛尼

米哈伊尔·阿法纳西耶维奇·布尔加科夫

弗朗西斯·霍奇森·伯内特

乔治·戈登·拜伦

弗兰克·卡拉曼德雷

玛丽亚·格拉齐亚·卡兰德洛内

约翰·卡姆·霍布豪斯

弗兰切斯科·卡塔路奇奥

卢卡斯·查兰德里查诺斯

玛丽亚·柯尔蒂

玛琳娜·茨维塔耶娃

费奥多尔·米哈伊洛维奇·陀思妥耶夫斯基

约翰·埃德尔斯通

玛丽亚·费拉拉

耶奇·费科夫斯基

汉斯·菲特可

丽莎·菲特可

斐利亚·福克

娜迪亚·福西尼

简·加布里奥

布罗尼斯洛·葛莱米克

尼古拉·果戈理

维托尔德·贡布罗维奇

诺达尔·格里戈

大卫·格罗斯曼

特蕾莎·甘巴·圭乔利

卡尔·甘瑟

亨妮·古尔兰德

约瑟夫·古尔兰德

西姆哈·古特曼

雅科夫·古特曼

欧内斯特·海明威

吉米·亨德里克斯

麦克斯·霍克海默

弗里达·休斯

尼古拉斯·休斯

泰德·休斯

珍妮丝·贾普林

弗兰兹·卡夫卡

马修·康斯坦丁诺夫斯基

菲力克斯·兰道

奥古斯塔·李

马尔科姆·劳瑞

马里奥·路奇

安东尼奥·马查多

莱斯里·马尚德

伊恩·麦克尤恩

安妮·迈克尔

安妮·伊莎贝拉·米尔班奇

托马斯·穆尔

约翰·穆雷

克蕾塔·内莉

埃多阿尔多·内西

爱德华·欧布莱恩

辛西娅·奥齐克

查利·帕克

鲍里斯·列昂尼多维奇·帕斯捷尔纳克

洛伦佐·帕沃里尼

托马斯·洛夫·皮科克

阿尔多·弗兰克·佩西娜

克劳狄奥·皮埃尔桑迪

西尔维娅·普拉斯

埃兹拉·庞德

马塞尔·普鲁斯特

亚历山大·谢尔盖耶维奇·普希金

乌戈·里卡雷利

哈德莉·理察逊

雅克·里维尔

亚瑟·桑道尔

布鲁诺·舒尔茨

亚利桑德拉·斯米尔诺娃

格特鲁德·斯泰因

约瑟芬娜·瑟琳斯卡

列夫·尼古拉耶维奇·托尔斯泰

卡兹米尔兹·特鲁查诺夫斯基

马里奥·巴尔加斯·略萨

桑德罗·维罗内西

萨列娜·韦塔烈

埃西亚·韦维尔

奥斯卡·王尔德

斯坦尼斯洛·伊格纳西·维特凯维奇

威廉·巴特勒·叶芝